王　楼————著

WANG LOU ZHU

谨以此书

献给董万豪、董万颖

百花洲文艺出版社
BAIHUAZHOU LITERATURE AND ART PRESS

图书在版编目（CIP）数据

逆风追风 / 王楼著. -- 南昌：百花洲文艺出版社，2020.8
ISBN 978-7-5500-3767-0

Ⅰ.①逆… Ⅱ.①王… Ⅲ.①长篇小说 – 中国 – 当代 Ⅳ.①I247.5

中国版本图书馆CIP数据核字（2020）第148116号

逆风追风

王楼 著

出 版 人	章华荣
责任编辑	郝玮刚　蔡央扬　程慧敏
书籍设计	黄敏俊
制　　作	何 丹
出版发行	百花洲文艺出版社
社　　址	南昌市红谷滩新区世贸路898号博能中心一期A座20楼
邮　　编	330038
经　　销	全国新华书店
印　　刷	江西千叶彩印有限公司
开　　本	720mm×1000mm　1／32　印张 6.25
版　　次	2020年9月第1版第1次印刷
字　　数	126千字
书　　号	ISBN 978-7-5500-3767-0
定　　价	38.00元

赣版权登字　05-2020-128

邮购联系　0791-86895108
网　　址　http://www.bhzwy.com
图书若有印装错误，影响阅读，可向承印厂联系调换。

01 NZF

我在十六岁那年的一个雪花漫天的季节里写下了自己的一些琐碎心情，不知道那个年纪是属于花季还是雨季，对这些概念并不甚清楚，就像连自己所谓的青春到底是什么也只有一种模糊的印象，说不出什么所以然，总觉得戳破了那层窗户纸就没有任何美感可言了。

自己内心冥冥之中的一种祈盼，或许每个人都有，属于我们这个时代的躁动并不是一件多么值得瞠目结舌的事。

因为我也幻想，夕阳下，草地上，如果有那么一个白衣翩翩的少年遇见了梦回千年的浣纱女，奏一曲悠长的古乐，那该是一种怎样唯美的场景？

我们会在心底里由衷地感叹早年的那场相遇，可能只是出于一个偶然，后来偏偏就这样与那个人有了交集，再后来坐在一起笑着回忆流年里的一些旧事。

我把自己那天在家里写的五首所谓的五行情诗带到学校给同

学看的时候，心里就觉得有点矛盾，因为许多人都笑着说出"闷骚"这类很是低俗肤浅的词，但他们依旧在津津有味地看着我的五行情诗。

还有人想摘抄一份，我后来索性把稿子夺过来揉成一个纸团扔进了垃圾篓里，并不理会他们似惊慌的表情，当然更不会再跟他们谈论情感这些莫名其妙的事情了。

晚上躺在床上的时候想想白天的事还是有点小小的后悔，怪自己有点冲动了，因为我扔掉的是自己的原稿，也是长这么大第一次写出一份能勉强称得上作品的东西，而我知道自己一直有个梦想，就是当个作家，像苦行僧一样做个真善美的布道者。

"坚持自己所追求的！"这是我内心的另一种声音，就像我始终相信许多人都在追求着自己所坚持的那般。世界就是这样，很多时候，不是因为一件事正确从而值得我们坚持，恰恰相反，是我们用坚持证明了选择的正确。

这样的冲动算是一种亵渎抑或是苛求吗？我并没有过多地停留在这个让自己纠结的问题上，因为我已经很潇洒地把那张纸捏成团扔了，而那天并不是我值日，要不然我有可能会趁其他人不注意把它从垃圾篓里偷偷地掏出来。

所以我现在要做的就是把自己所在乎的那几首诗努力地回忆出来，还好它们不算太长。

我是在第二天把它们工工整整地誊抄到自己随身带着的一本

笔记本上的，第一页没写满，后来在反面写完了剩下的两首，看上去版式并不算太美观，但形式对我而言可能并没有那么重要。

下面就是我那天一个人在家时写下的几首诗，请允许我称之为诗，因为那的确是我怀着一种虔诚的心情写出来的，外面的时节是数九寒冬，内心却如雪地里的一炉火苗般把黑夜照得有点醉人。

一

在一个很美的季节

许一个简单的愿望

简单到只想

看春暖花开

听细水流长

二

遇见你的时候

你笑得很冷

后来梦见你了

轻易让我相信

上辈子我惹过你

三

在路旁捡到一本《诗经》

慢慢地读着

你说我漏了一句

原来是

执子之手 与子偕老

四

我曾说喜欢五月的槐花

后来你也说喜欢

我琢磨了半天

终于明白

你喜欢的不只是槐花

五

喜欢在家乡的空地上仰望星空

天空和大地一样开阔

我在左 你在右

依偎着讲些童年的故事

直到星光下的尘世璀璨通明

誊写完这些的时候天已经黑了，因为我们白天没有太多空闲的时间来干这种事，就连偶尔的发呆都是件很奢侈的事情。当宿舍的几个同学问我趴在床上干什么的时候，我并没有搭理他们，而是很迅速地把笔记本合上放到了床头，然后就傻笑了起来。

我已经把他们那天争相传诵原稿时的神情忘得差不多了，所以我不想再瞥见那熟悉的一幕，想想自己刚刚的反应却有点欲盖弥彰，但转过身闭上眼也就清静了不少，毕竟自己并没有做什么理亏的事情。

人就是这样，一旦我们下定决心不搭理什么事的时候，也就没人再自讨没趣了，流言止于智者。

但就算再平和而富有智慧的哲人也有自己的困惑，因为这是他们思考的源泉，一旦有人说自己无所求的话，那是很可怕的，至少他在一定程度上是个谎言家。

我也时不时地在心底里犹豫，理想到底是一种什么样的玩意？它晶莹剔透，我们小心翼翼地呵护着那朵纯白的小花，风一吹似乎就能将它折断了，但我们内心依旧相信它会开出烂漫的花天，然后让我们停留在仰望的姿态上，这是一种历经破茧后的美丽和幸福，痛并执着着，只有风儿能感觉得到我们笑出来时颤抖的气息。

并不是我为赋新词强说愁，我没那个习惯，只是觉得一个人有了理想真的是件很难得的事，或许我喜欢称之为梦想，这样听起来更迷人些。

我也不清楚自己为什么喜欢上写一些其他人看起来很是莫名其妙的东西，只是想写，就像是自己一直藏于心底的一个小小的梦想一样。我想当一个作家，并不奢求让每个人都迷恋上自己的文字。当然了，如若有一天家喻户晓、妇孺皆知，也未尝不可。

逆风追风

而事实是，我现在似乎连作家是什么都说不上来，有种人云亦云的感觉，可能是一种虚荣，觉得称呼后面带一个"家"字让人心里有种说不出的神圣感和满足感。但仔细想了想，这并不是自己的初衷，否则真的有点可悲可叹了。

以前也曾对其他人说过自己的这个梦想，但后来说得多了，连自己都觉得有点假，有时候甚至怀疑梦想是用来说的，这种想法曾一度支使着我的行为，令我不着边际地夸夸其谈，到头来恶心的还是自己。

换作如今的我，听见别人谈论理想这类近乎严肃的话题都会忍俊不禁，因为我只是把这些虚无缥缈的东西当作一个玩笑而已，但之前我一直苛求别人用一种肃穆的心态来听我讲述心里的蓝图，现在想来真的没有这个必要。

可能我或者其他人觉得可笑的并不是梦想本身，而是我们自己。因为许多事是很难解释的，梦想就是其中之一，而我们却一直力图让别人觉得自己多么有志向。所以有些事还是放在心底比较实在些，然后一步步走出属于我们自己的印迹，这才不至于让自己显得头重脚轻。

尽管开花不一定会结果，但要想结果还得在心里先开出一朵实实在在的花儿。我后来一直信奉着这句话。

我确实变低调了不少，可能骨子里就有一份安静，只是偶尔的冲动激发了自己内心的一种迫切感，然后急于昭示天下，这种不淡定至少说明我们还很年轻，所以我并不太在意。

后来一个人背着行囊外出求学时，突然感觉自己变得沧桑了不少，应该是在某个清晨起来照镜子的时候发现的。记不得是哪天了，后来摸着下巴笑了笑就出去了，并没有那份闲情把胡子刮掉。年轻人总有忙不完的事，忙着去追一个梦，忙着去追一个人。

我们这个时代最悲哀的事莫过于明明知道自己所做的事情不是自己感兴趣的，而又不得不做，就像无尽的课业，还有让我们近乎窒息的题海。当年的那份狂傲在平淡的日子里被磨平了棱角，所谓的梦想也不知何时被丢在了角落里。

有那么一瞬间真的感觉自己变得有点麻木了，坐在教室最后一排，偌大的学校似乎也只有这么一小块地方暂时是属于自己的，而之前的这个时候在这里发生了什么，我并不知道，只有校园里的那些花木年年岁岁地枯荣交替、迎来送往。

看着又一个恬静的秋日午后，空气中所有的缝隙似乎都被细碎的话语填满了，左手边的窗户把仅能射进来的几束阳光分割成不规则的几何图形洒在地上，轻巧的灰尘就在光线里肆无忌惮地飞舞着，偶尔有一阵风从另一边吹来，顺便把桌上的书换个页码，这样的时光很醉人，不想有人来打破这种慵懒的状态。

人在这种情况下往往会有种逃离的冲动，我不知道这样的日子何时能熬到尽头，但总觉得快了。因为我是从初中开始意识到荣誉的重要性，所以后来在心底里暗自发奋，给了自己某种类似于信念的东西，所以我以很好的成绩考进了县中的重点班。而接下来的目标自然是考个拿得出手的大学，至于考进大学后要干什么，我大可不必去想，因为我问其他人的时候并没有得到任何实质性的答案。

我突然发现周围的人都喜欢给自己未来的路做计划，不知道是写给自己看的，还是为了得到别人的认可，所以我总会在心底里觉得可笑。但那个时候的我们或多或少都有些被动，所以为了不至于让自己显得太另类，我也随波逐流般地写了自己心里所谓的计划，然后把那些小纸条贴满了半个桌面。

这样做到底有什么效果？没有人能说得出来，至少不是现在的我们所能预测的，我只是觉得在课上不至于那么无聊了，因为有了个开小差的好去处，有时候能盯着一个字看好半天，直到莫名其妙地笑出来。

我很久之前就发现了一个事实，盯着一个字看久了会让人有种陌生的感觉，所以现在我已经不能确切地记得自己当年在桌上都写了些什么，只能模糊地说是夸夸其谈的那种，就像我当初对别人说出自己的梦想一样，后来也不提了。

有时候觉得自己特别孤单，像一颗星球般，总有不见光亮的一面。所以我喜欢发呆，想一些属于自己的心事，让自己慢慢学着去承受，然后慢慢地恢复平静，因为我知道自己并不是一颗静止的星球，而忧伤每天只能演奏一次。

后来在心里想了想，我并不知道自己是什么时候喜欢上了发呆，也不知道老家后面的那条小河里被自己扔了多少块小石头，或许早年的一些石头早已沉淀到了大地的最深处。

但现在的我似乎依旧喜欢在某个黄昏时分坐在那座不算壮观的小石桥上，还是老地方，晃着腿，看着倒影发笑。有时候想跳下去把当年扔下去的那些石头无一遗漏地捡上来，但也只是一闪而过的冲动而已，并不曾真的那样去做过。

母亲笑着让我快点起来，说太邋遢找不到老婆，我当时不懂，但还是拍拍屁股跟母亲回去吃饭了。我也很不理解为什么母亲总把我当小孩一样看待，后来长大了才渐渐明白，在父母的眼里，我们永远都是个长不大的孩子。

我也执着地相信，在每个人的内心都住着一个天真善良而又美丽的孩子，因为我们每个人都会有一段很单纯的故事，抑或是一种向往，我喜欢称之为"梦想"。

02 N#ZH

　　一个人长大了总会有一种选择性遗忘的倾向，而我却始终不忍心那样去做，因为我觉得那样做不现实，而且近乎可笑。所以我一直记得自己是一个打小在乡村里滚大的孩子，这点我从不曾有过丝毫的回避。

　　乡村除了无边的寂寞，就是无尽的幻想。

　　也正因为那个时候的自己还是个不谙世事的孩子，所以我总在心底里有种类似于想逃离的冲动，因为我觉得城里的生活可能是我更向往的，至少商场的货架上有我数也数不清的玩具。这当然算是我另一个很可笑的想法，我觉得可笑是因为我在多少年后的某天突然明白，自己永远也不可能与那片生我养我的土地发生离心运动，而我也早已在不知不觉中恋上了多少年前深埋于心底的那份对于家乡的情结。

　　江南小城的夜晚似乎总有种暖暖的醉意，在桨声灯影里，错乱的身影摇曳着，不经意间的仰望便会镌刻成星空下凝眸的永恒，然后就像孩子般傻傻地笑出声来。

并不是所有人都会向往这种小城的安逸生活，一些人总觉得生活本不该是这个样子，而应该是西装笔挺地出入于人潮中，至少人们会觉得那是奋斗与身份的象征。所以这座小城只有在某些特定的时候才会出现许多慕名前来的拜访者，比如烟花三月。

也许扬州并不是一座小城，因为许多大诗人都曾来过，无意间肆意地挥毫泼墨便浸染了这座古城的每一寸土地，风儿的气息足以抚平尘世的所有褶皱。

草长莺飞的日子里，古城的风儿真的是又轻又暖，生于斯、长于斯的人们也早已习惯了一种儒雅的作风，就连一呼一吸之间似乎都多了重远古遗风的韵味，身心也随之卸下了所有的防备。

生活的最终目的本来就是享受，享受物质、享受精神。哪怕只是在一条石子小路上散散步，蹲下来看一朵不知名的小花，陪自己在乎的人说说心里话，这种节奏舒缓得让人嫉妒。

彼时的我并不喜欢闭上眼发呆，因为我觉得那样更适合思考，而发呆和思考对我来说是两件完全不同的事情，所以我总会目不转睛地盯着天边橙黄色的又大又圆的太阳。算家园落日吧，看着它在不知不觉中滑落，开始了又一个崭新的轮回。

这样诗意而多情的日子往往会跟日落一般在悄然间溜走，而我确信自己在大学有种被散养的感觉，城里的黄昏并没有年少时在家乡看见的那般来得那么真切，所以我总会努力地记着天边那被晕染了的色彩，心情也变得平静不少。

一个人在外地求学会冷不丁地有种突如其来的孤独感涌上心头，跟多少年前的某天一样，把自己压到沉默的边缘，所以我喜欢发呆，然后让自己傻傻地笑出声来，一直都是。

并不是说自己没有朋友，但学生时代真正交心的只有石头和大头两个人，而我们现在也只有在放假的时候才能抽个时间聚一聚，似乎都变得很忙，却始终不曾忙出什么头绪来。

我并没有把大学算作学生时代，因为在这种久经压抑而突然放纵的环境里，时间如洪水猛兽，身边许多人都不约而同地体验着无为的自由抑或沉醉的堕落，清醒的人似乎并不多。

大头和石头是两个性格截然相反的人，我算是处在这两人之间，而事实是，我们确实成了很要好的朋友。我后来在心里琢磨了半天，终于发现我们似乎都有着同样的可悲之处，在某个寂静的清晨踏上了前往异乡的路，回眸时，当时的自己竟也是那般毅然决然。

如果非得追问我为什么会和他俩成为好朋友，我并不会说出什么长篇大论，而是笑着告诉你，当时他俩第一次看见我写的那五首五行情诗的时候，没有像其他人那般笑出来，就这么简单。

我一直记得石头在中学毕业后说过的一番话，他说心情不好的时候就喜欢去跑步，拼命地向前跑，不要回头。我知道他那次跑了将近一个钟头才回到家，因为我相信他说的话，而我也一直很向往那种酣畅淋漓的感觉，跑着的时候自己成了风，但又怕哪天会遗忘了来时的路。

后来我每天都在傍晚时分绕着学校的操场跑步，踩着落在地上的梧桐叶特别有感觉，只是擦肩而过的面孔都显得有点陌生，所以我便仰起头看着天空，让夕阳把自己的影子越拉越长，然后再转过身去追逐天边最后一抹余晖。

我一度也觉得自己有点堕落了，大把的时间被自己花费在了并不能让自己内心变得更充盈的事情上，有时候早上起来就差不多可以去吃午饭了，也不知这样浑浑噩噩过了多久，后来反倒是大头的一通电话，让我突然意识到在我们这个年纪什么才是真正有意义的事。

我躺在床上摸到手机的时候听大头在那头乐呵呵地对我连声说着感谢，我看了下日期，并不是愚人节，细问才恍然大悟，原来大头借用了我当年那五首五行情诗，一笔一画地抄给了喜欢的那个女生，最后的结果就是，他们现在成了出双入对的男女朋友。我说："恭喜啊！"

我听他讲的时候也在心里笑开了花，因为我能感受得到一份同样的动容，突然觉得自己很久都不曾这样笑过了，以前不小心写下的东西就这样很真实地开出了花。即使卑微如尘土，依然灿烂如春，毕竟，一朵盛开的花，胜过千千万万个真理。

我并没有过多地调侃大头的借花献佛，遑论谴责，只是让他回老家时记得请客吃饭。

我好像已经把那几首诗忘得差不多了，不过当年誊抄那些诗的那本笔记本我一直都带在身边。那时候我总是这样，兴冲冲地写了不知多少个开头，总会为一个绝妙的构思兴奋好几个晚上，摩拳擦掌，但到头来总因为各种理由把故事搁浅，遂年少的故事总是支离破碎。

从柜子里翻出那本积灰的笔记本时才发现确实很久都没碰过它了，那几首诗想来也有些年岁了。倏忽间，"文字感动生活"这句话重现心田。

我终于在那个时候做出了一个不算庄重但却意义深远的决定，至少对我来说是这样的。我对着天空宣布，要泡在图书馆，遍读藏书，虽说看着那些密密麻麻的方块字也说不出有什么用，但至少没有害处，或许以后会有用，就像大头那天早上打电话告诉我的那件事一样。

我不知道自己的这种冲动能持续多久，但至少我现在确实有这样的一种冲动，要知道，冲动并不总是坏事，一个人并不经常有这种感觉。

其实我也很好奇大头为什么在好几年之后依然能记得我当初都写了些什么，因为那几首诗的原稿只有我随身带着的笔记本上有，而当年被我扔进纸篓的那张纸应该早已不见了。后来在心里想着的时候就笑了起来，或许这就是我们能成为好朋友的原因吧，不过大头打电话给我的时候我一下子并没有想起问这件事。

　　我并没有问太多关于他对象的事，那些大大小小的甜蜜让他们自己去感受好了，但我还是在心底里送上了最诚挚的祝福，因为感情这种事得要有多少巧合才能拼凑到一块啊，不然我当年写五百首五行情诗也不管用。

　　大头最后问我在感情上有什么打算的时候，我一笑而过，陈年往事，过眼云烟，明天的路要怎么走，也得先过了今晚再说，所以我那天从图书馆回来早早地就睡了。

03 NZF

其实我很能体会石头在毕业那年拼命奔跑的感觉，就像他曾小心翼翼地记在笔记本里的那句话：To the world, you may be one person; but to me, you are the whole world!（对世界而言，你只是一个人；但对我而言，你却是全世界！）

这是大家很熟悉的一句话，因为很多人都无意中提及过，但是自从我知道石头把这句话写进笔记本里之后，我就绝口不提这句话了，因为我知道这句话在他看来是多么神圣而纯洁，让人充满了困惑和向往，而他是我很要好的朋友。

人非草木，也非动物，人是有七情六欲的活生生的人，遂日夜间不免会因一些突如其来的情绪而慨叹万分。

一个能回忆起往事的人往往是很重感情的，有着薄如蝉翼般细腻的心思，这点我从不曾有过丝毫的怀疑，但也只是在书本上看过，直到那年秋天遇见小和尚的时候才让我更加深刻地体会了这句话是什么意思。

我是在回家的路上看见他坐在那座已有了年岁的小石桥上，那是我经常坐的地方，不过他坐在另一端，朝着另一个方向漫无目的地扔着小石子，然后就能看见一圈圈的涟漪泛起，倒影也晃荡了起来，好久才恢复了平静。

我并不知道他是谁，只是那一袭素雅的衣服和他盯着水面时的神情让我莫名其妙地联想到了"四大皆空"这个词，或者说，干净。还好我家并非在深山古刹，但小和尚这个形象很自然地便印刻到了我脑海里。

记得动物学里有个印刻现象，大意是说新生动物第一次看见其生母时，仅需几秒，便能铭记一生。小和尚入我眼帘的一瞬是几秒？所有的相遇都让我小心翼翼，因为对方一定是谁的全世界，譬如孩子于父母。想来这个人的出现并非无缘无故，或是我生命中的贵人也未可知。

"你好啊！"我笑着往前走着，而他显然没有注意到我就在他身边。

小和尚转过身的时候并没有太过惊讶，"回来啦？"他朝我望了一眼时淡淡地说了句，然后就又朝河里扔了块小石子。

让我觉得惊奇的倒并不是他语气里的平静，而是他眸子里的那一丝光芒，像夕阳的光芒。就在小和尚转身的刹那，我分明看到了一种极为澄澈的东西，似乎要将这个尘世看透，而我也正是在那一刹那竟觉得有点无地自容，所以很迅速地躲过了小和尚的眼神，朝着他扔石子的水面看了过去。

"陪我坐会儿吧，我坐这边很久了。"小和尚用手朝旁边指了一下，并没有再抬头看我。

我看了下时间还早，只要再走几步就可以到家了，所以并不急着赶回去，把包从身上拿下来就坐在了小和尚的身边，因为我觉得他并无恶意。

我偷偷地侧过脸瞥了小和尚一眼，总觉得他有种说不出的神秘感，因为夕阳的余晖是从他那边射过来的，所以我看到的似乎只能是个充满光辉的轮廓。后来罢了，便索性盯着水面看，而小和尚一直在扔着小石子，并没有腻烦的意味。

"我小时候也常常干这种事呢，捡到大点的石片还能打水漂，能在水面上跳老远。"最终还是我先打破了空气里的沉静，因为我已经看到好几片枯黄的叶子从天边飞旋着落到了水面上，小和尚只是呆呆地看着。

"跟一张网一样。"小和尚似乎在喃喃自语。

"什么？"

我并不懂小和尚突然说出的这句话是什么意思，而小和尚似乎也并没有在意我的疑惑，也许是我对眼前的这个人太好奇了，我原本可以假装没听见的，但我还是表示出自己听见了。

我一直在思索着要找什么话题来打破这种尴尬，但情况往往就是越着急越适得其反，所以心里窘态迭起，不知该说什么，还好小和尚并没有侧过脸盯着我看，因为我在盯着他看。

小和尚突然把手里抓着的那一把小石子全部扔进了水里，我并不清楚发生了什么，"喏，就是那个。"小和尚朝小石子落下去的地方示意了一下。

我循着他指示的方向看了很久，只见水面顿时出现了好多扩散开来的圈圈，交叉着晃荡，撞到岸边又反弹回来的涟漪，早已不像刚开始的那般秩序井然，让人觉得有点错乱，但仍隐隐逸着美感。除此之外，我并没有发现太多的什么。

"你明天这个时候再来吧，我还会在这儿。"小和尚在水面恢复平静的时候说了句，而此前他一直都不曾说什么，只是跟我一样静静地盯着水面。

我发现自己的心思很容易被小和尚牵制住，还没来得及从刚刚水面上错乱的波影中回过神来，就感觉到小和尚已经起身离开了，朝着我来时的路走着，身后拉了条老长的影子。

看着他在这样的时节穿着这般单薄的衣服，内心诧异之余竟不自觉地生发出一丝的怜悯，他不冷吗？因为连树叶都能在瑟瑟的风中感觉到什么，而我刚刚似乎忘了什么。"你家在哪里啊？"我随即起身站在桥上喊了句，我感觉只有这样才能让小和尚听见。

我以为小和尚会转过身回答我的问题，但他似乎并没有听见，依旧执着地向前走着，秋风吹起了他衣袂的一角，他就这样缓缓消失在了小路的尽头，而我一直记得又大又圆的夕阳就是从那边落下山的。

我站在小和尚坐过的地方看着他走远，总觉得那执着的背影有些似曾相识，努力地想了一会儿，并没有思索出什么名堂，只知道我的话就这样被风吹到了另一个角落，徒留自己一个人站在原地，思绪混乱。

我把包拿起来走回去的时候突然有种被欺骗的感觉，不知道小和尚是否本身就这般神秘，还是我把他想象得太过神秘，而他跟我说的第一句话现在想来确实蹊跷得很，因为我并不记得自己过往的岁月里有过这么一个人。我认识他吗？他认识我吗？

这种感觉让我很自然地联想到了一些精巧的布局，恰如我刚踏上家乡的土地就能感受到的相思所设下的陷阱那般，总在不经意间让我们生发出无限的慨叹。

或许他是哪家来串门的亲戚吧，我在心里这样想，这应该是最合理的解释了。

但我最终还是决定，明天的这个时候来这边看看，因为我突然有好多的"为什么"想要问小和尚，就算听他讲故事也是一种不错的消遣。很不可思议，我的潜意识竟虔诚地相信他说的每一个字都是值得深思的，可能是想到了小和尚眸子里的那一束光，我知道那是装不出来的。

回到家的时候，母亲已经准备好了一桌我最喜欢吃的饭菜，家常便饭，看着的时候心里觉得特别暖，也把刚刚遇到的事情暂时撇在了一边。

　　但小和尚突然把石子全部扔进水里的那一幕并不曾消失，而是在脑海里荡漾开来了，那就是小和尚所谓的网？当时的我就那样呆呆地看着水面，还好从水面倒影里看不出自己的笨拙，因为我和小和尚的倒影早已错乱不分了。

　　我突然觉得时间过得有点慢，傍晚与日出之间竟似隔了一整年，模糊而梦幻，就像我和小和尚的约定一样，我并不知道该在什么确定的时间到小桥那儿，虽说只有几步远的距离。

　　上了大学似乎真变得有点懒散了，即使在心底里告诫自己要努力、要奋斗，但有时候总会给自己找一些冠冕堂皇的理由蹉跎岁月，人之惰性使然。就像这次放假回家，我只带了一本从图书馆借来的杂文集，想来是因为长篇大论的书耐不住性子看完，自由散漫惯了。

　　我一直在想一个问题，就是发呆和思考到底是不是同一件事，这个问题困扰了我很久，最终给出答案的还是小和尚，因为他已经在我之前坐在小石桥上了，仿若昨日。

　　"你也喜欢发呆？"我侧过脸看着小和尚的时候，他依然一动不动地盯着水面，只不过小石子在昨天早已被他扔完了，水面现在看上去跟这个季节一样安静。

"没有，我正在思考。"小和尚若有所思地说了句，语气让我充满了遐想。

"那你在看什么？"

"有时候眼里看到的并不是脑中想着的，就像你所谓的发呆一样，其实潜意识里正在想一些平日里不怎么想的东西，然后就想知道为什么，哪怕只是一闪而过的某种念头。"小和尚突然把目光从水面收起，安静地笑了起来，"但至少我自己知道，我正在思考。"

小和尚的话倒让我想起了郑板桥《题画》所云："江馆清秋，晨起看竹，烟光日影露气皆浮动于疏枝密叶之间，胸中勃勃遂有画意。其实胸中有竹，并不是眼中之竹也。因而磨墨展纸，落笔倏作变相，手中之竹又不是胸中之竹也。总之，意在笔先者，定则也；趣在法外者，化机也。独画云乎哉！"真正是此妙难与君言，自惭形秽之余，也暗暗钦佩小和尚思想境界之高邈。

我是第一次如此直接地跟小和尚的眼神相遇，并不像昨天那般胆怯，因为我知道自己可以从中看到某些熟悉的影像，而我也在心底里相信我们会成为很好的朋友，这是多么难得。

看着他干净的脸庞，我也情不自禁地笑了，跟他一袭素雅的衣服一样，仿佛是这个时节剩下来的颜色，让人觉着舒服，在夕阳的映衬下多了份愈加久远的韵味。我看得到小和尚的眸子里是一如既往的安静与执着，这种定力在身边人身上已很难寻觅了。

小和尚说他不习惯说太多的话，话说多了，废话便多，那样的闲扯在他看来是一种敷衍。我点了点头，因为在昨天的这个时候我就能体会一二了。

"你还没告诉我你的家在哪呢。"我终于想起了这个差点就被我抛在了脑后的问题。

"哦，昨天忘了。"小和尚顿了顿，似乎在努力地回忆着什么。

"我家很美，在每年的初夏都会冒出许多尖尖的小荷，然后是成片成片的荷塘，老远就能闻到沁人心脾的清香了。"小和尚说着的时候突然停了下来，"你们这儿好像没有荷塘，你知道，每次嗅到这种味道的时候，我都喜欢闭上眼站在那儿，那真是美极了。"

我一直在很认真地听着小和尚说话，唯恐漏掉一个字。

很多时候我们并不是真正关心一个人从哪里来、要到哪里去，但我们依然会煞有介事地问对方从哪里来、要到哪里去，这真是个浪费时间的坏毛病。也许这个问题在小和尚看来并没有多少意义，但他依然很认真地回答了我这个问题。他最后说自己来自那片他所深爱着的土地，这点我是很认同的，因为我也像小和尚那般对自己脚下的这片土地怀着一种深沉的眷恋，那是一种言语形容不出的爱。

"我一直有个愿望，就是希望能走遍值得去的地方，然后把它们定格在记忆里。"小和尚说着从包里掏出了几张他曾拍过的照片。

我只能凭感觉感受一二，并不能确切地辨认出那些是什么地方，而小和尚也没有丝毫要解释的意思，所以我并没有多问。

"你想当一个旅行家？"

"行者吧，我没有那么专业。"

小和尚说话的时候我把照片又仔细地看了遍，希望能在细微的角落发现些什么，但并没有收获，所以还是把照片还给了他。

我记得小和尚昨天并没有背包，一个人就那么安静地坐着，跟这个季节一样，夕阳洒在脸上，心情也随风飘向每个角落。

我真的很好奇小和尚背着包走在山水之间该是一种怎样的洒脱自如，那种行者所特有的信念就这样被行动完美地诠释着，诚所谓读万卷书、行万里路，身后留下的脚印足以让我们切身体会到一些很微妙的改变，关乎时间和空间。

我也很想跟小和尚那般像风儿一样来去自由，至少在我看来，小和尚并没有过多地受制于现实，而是一直在感受。在他的世界里，他是至高无上的王。

"以前很小的时候我就想过逃离，也是在这样的傍晚，我一直朝着夕阳的方向奔跑，然后跑到了天黑，黑夜里稀稀疏疏的灯火亮了起来，那个时候还没有路灯，我又突然害怕了起来，风吹得有点冷。"

"然后呢？"我问道，因为我很好奇小和尚那时候能以多快的速度奔跑。

或许那个时候我就已经遇见过小和尚，因为我记得放学时曾有个小男孩撒开腿在田野间的小路上追着快要落山的太阳，我知道那时的自己追不上他，所以就站在很远的地方看着他。

当时觉得有点可笑，比起奔跑，我那时觉得蛐蛐更有意思，遂并没往心里去。而此时此刻，小和尚说出自己当年从东边跑过来的时候我就确信无疑了，小和尚就是我那天见到的小男孩。

"然后我就原路返回了，只不过是走回去的，那是我第一次逃离。"小和尚说着的时候忍不住轻轻地晃起了腿，带着点骄傲，让我想起了自己以前一个人坐在桥上的时候也是这般模样。

"你家乡不是很美吗？"我很惊讶当年的小和尚为什么要那样做，因为那个年纪的我还在做着许多五颜六色的梦。

"你知道，我不可能跑出自己的家乡，每年的夏天我还要采摘莲蓬呢。"

"那为什么还要跑呢？"我并没有放弃自己的这个问题。

"因为我不想当好孩子。"

小和尚说完后，就好像要在包里翻出什么东西来，我知道他不会再回答我刚刚的那个问题了，因为他只有在很专心地盯着某一处的时候才会说话，之前我一直在看着他，而他就那样安静地盯着水面看。

我并不清楚小和尚所谓的"好孩子"是一种怎样的标准，但我可以猜到小和尚当年并不希望自己的身上被赋予太多榜样之类的称号。因经历相仿，我对此感同身受，与其为了某种虚荣，连走路都中规中矩，那我宁愿选择逃离，逃离到标准之外，至少我可以赤着脚丫在路上撒野般地嬉戏打闹。

但我们很多时候都会有各种各样的不情愿，也就意味着我们接受了其他人的一些赋予，得到这个，自然要失去那个，很公平。然后慢慢学会了长大，小时候那般简单的幸福也被我们丢在了来时的路上，那时候还不懂简单就是幸福，只是一直在本能地活着。

"很可笑，对吧？"小和尚突然侧过脸笑着问道。

"没有啊！有点羡慕。"

我知道自己说得并不是那么确切，因为我不只是有一点羡慕小和尚，而是很羡慕。要知道，当年的自己连奔跑的勇气都没有，或许压根就没有过这种挣脱的念头。

但转念一想也就释然了，谁跟时间过不去呢？毕竟都已经长大了，而每个人的活法注定跟儿时五彩斑斓的梦一般，充满了各种涂鸦，然后循着当年的笔迹，就那么顺理成章地一直走下去。所谓无悔，并非不虚此行，而是没法后悔。

突然想起了中学毕业那年，我们几个死党背靠着背躺在草地上，也记不得是谁先问"青春到底是什么"这个问题了，我私下也曾不止一次扪心自问过，但却一直没有能让自己心安理得的答案。

后来看了石头写的一篇文章《何以为期》，我那时才隐约体会到，青春似乎就该如此。如此贫穷，如此富有，如此自卑，如此自负……而石头的心情，在我看来，竟是如此似曾相识。

何 以 为 期

我托住了落叶/却握不住秋天

你笑说句你好/从此风雨千年

夏至

如初的父亲本草野出身，十年寒窗，高中进士，入翰林，官至太子少师，官誉文章名满京城，其常延请礼、乐、射、御、书、数六艺精绝者于府中讲学切磋，谈笑有鸿儒。

某年荷花开得正艳，席间一白衣翩翩的少年讲至"正心诚意，格物致知，修身、齐家、治国、平天下"处动容异常，踱步亭间，席间坐者只闻其掷地如金石之声，蝉噪竟毫无察觉，如初的父亲坐于上席，轻拂美须髯，欣然频点头。

彼时如初已出落得亭亭，正躲于荷花池水阁幽室屏风后侧耳静听，侍婢在一旁轻摇罗扇，透过散着淡淡木香的窗格，她感觉那位着翩翩白衣的少年竟像是一阵风，兀自出神。

　　如初转头对侍婢说："把我昨夜采摘的荷花蕊沏茶给家父和纳兰公子一行人等送去，用今晨露水烹之。"侍婢应声退下拾掇起来。

　　如初喜茶，荷花蕊为昨夜采摘，用纱布裹着浸泡在晨曦时采集的露水里，冷香异常，稍稍加热，其香竟似十里之外皆可触可感接天莲叶的荷塘。

　　侍婢端着沏好的一壶茶并一套茶具将出门，如初突然喊道："且慢，还是我去吧。"遂接过侍婢手中物什出门，木门嘎吱一声，她的心跳却突然加快，一道回廊竟走得如此步履蹒跚。

　　如初从父亲起依次默默奉茶，独独将站着的纳兰公子留在最末，席间品咂两口皆言此茶只应天上有，如初笑而不语，及至立于公子面前，竟不敢直目而视，面若荷花憋了半天终于说了句："家父说公子今日会来，遂特备些茶水，且望公子莫嫌弃。"

　　纳兰公子笑曰："草木如初，予似元公独爱之，姑娘不嫌鄙生夸谈无际便是人生一大幸事。"

　　如初侧身缓缓退下，于回廊间忍不住顾左右而回眸，纳兰公子虽正与他人言语，但恰好四目相对，她竟似一头受惊的小鹿步法错乱。

　　掩门，侍婢说："小姐出了好些汗，早该让奴婢去便是了，我给您扇扇吧。"

秋 分

七八个星天外，银汉迢迢，夜色如水，萤火虫漫天，庭院被月色笼罩有如仙境。

如初："公子这首曲子吹得真好听，可是司马相如之《凤求凰》？"

纳兰："也不全是，《凤求凰》本为司马相如一人之所有，辗转光年，那首曲子早已失传，后人因情因境杜撰的便多了，好似只需'关关雎鸠'一句，于人世间便可演绎出千万种'君子好逑'，早已真假难辨。是以假古人之至情，传今人之至真。"

如初："公子所言极是。"

纳兰："时候不早了，姑娘早点歇息吧。"

如初："家父应诏入宫掌灯修纂历朝文史大典，言三更未归便可不必再等，恐今夜确实不能回了，公子再跟我讲讲故事吧。"

纳兰："也罢。你看这满院的萤火虫，倒让我想起幼时芦苇荡里若惊扰一下，那如梦似幻的凡间星辰，久作长安旅，此景实属难得。"

如初："很多年前祖父离世，我随家父回乡服丧三年，于乡野间见此情景，彼时妾身还只是稚童，只觉得美甚，不禁手舞足蹈欢呼雀跃，今忆起，甚为怀念似公子。"

纳兰："是啊……"

大寒

大雪压枝天地梨花开，世间一切似乎被北风吹冻住了，如初百无聊赖地围炉煮雪。吏部丁侍郎曾上门替子求亲，父亲对丁家颇有好感，但如初对丁公子印象并不好，因为侍婢有次去市集置办胭脂水粉时说丁家公子在烟柳繁华地大醉酩酊。旁人皆言丁家公子如何如何为人中龙凤，可如初总觉得这些人皆为溜须拍马，惧怕丁侍郎在吏治考核时无中生有抹上一笔。

如初跟父亲说过，父亲雷霆大怒。如初又说已有心上人，父亲问是不是那个纳兰公子，如初也发脾气了。

秦少师："他只是一介穷酸书生，论道义尚不坏，但婚姻大事，我不想你受一丁点委屈，此事毋庸再议！"

如初："父亲您也是出身寒门，凡成大才必经一番磨难，为何这般说纳兰公子？他难道不是当年秉烛夜读的那个您吗？"

如初知道顶撞父亲不妥，但她始终不曾答应父亲为她择定的婚事，这事让父亲很难堪，最后她便被父亲勒令不准出门，也不准有书信往来，自此便断了与纳兰公子的消息。

立 春

草长莺飞，风和日丽，河畔柳堤尽是踏青者，蓝蓝的天空中飞着五颜六色形状各异的纸鸢，如初隔着院子似乎都能听到少男少女的喃喃细语，想着想着不禁落下几滴相思泪来，她消瘦了不少。

如初："纳兰公子可有消息？"

侍婢："门童说年前冬日来问过两次，后便无踪迹。"

忽闻街坊间锣鼓喧天，炮仗声夹杂着嘈杂的哄闹声，侧耳细听，这声音竟越来越近、越来越近，似乎在自家门前停了下来，府中老幼皆循声前往一探究竟。

如初在门旁瞥见高头大马上端坐着一胸挂锦簇大红花的风流少年，不是别人，正是自己朝思暮想的纳兰公子，怎奈府中众人将门口堵得个水泄不通，人声鼎沸中她竟手足无措，只听得街坊邻居嘀咕："这可是新科状元郎啊，好生意气风发。"只见队伍前开路的一位公公拿出一道圣旨，众人皆跪，大意是皇帝证婚让秦少师将千金如初许以纳兰永结同好。皇帝证婚，秦少师哪敢有一丝一毫违背的意思，磕头谢恩，欢喜自不必多言。

春风得意马蹄疾，一日看尽长安花。渔歌唱晚，夕阳西下，纳兰将马在青草湖畔系好，如初像一只小鸟依偎在纳兰怀里。

　　如初："官人，皇上日理万机，怎会下这道圣旨？"

　　纳兰："我跟皇上说，若无你，纵登科风流，亦觉无味。"

　　如初："皇上怎么说？"

　　纳兰："皇上大笑，皇上说，'江山美，美人美，如你所愿，尔日后定要好生为国效力，莫负寡人一片苦心。'"

　　如初："皇上真好。"

　　纳兰："是啊……"

05

小和尚跟我说话的时候我就发现他手上已经多了样东西，是他从包里小心翼翼拿出来的，然后以一种虔诚的眼神端详着。我想，他正在思考着什么。

我并没有把视线从小和尚的脸上移开，我知道，如果他愿意的话，他一定会把正在看的东西跟我分享。但出于好奇，我还是忍不住问了句："这是什么啊？"因为我在侧面并不能看清小和尚手上拿着的那张卡片状的东西是什么。

"日历。"

小和尚的神情像是在自言自语，恢复了一如既往的安静，淡淡的言语间似乎多了重透明的忧伤，我能听得出来。

果不其然，小和尚把那张卡片递给了我，我突然感觉小和尚其实并没有我预想中的那般古怪，可能一直是自己想太多了。

"为什么有这么多圈圈呢？"我看到许多日子都被小和尚用红笔做了标记，满眼的数字都被圈了起来，只有极个别的日子不曾动过。

"因为它值得！"

"啊？"我并没有听懂小和尚的话是什么意思，他似乎也意识到了这点。

"因为我觉得那天有意义。"

小和尚把那张日历卡片拿了过去，而我的注意力全部集中在了那些红色的圆圈上，具体日子并没有看得太真切，好像是前几年的日子了。

若日子都按年算，那我们未免太不珍惜。"物是人非事事休，欲语泪先流。"想来李清照是看透了，但过去了就是过去了。

我始终觉得生活并没有随着年龄的增加而变得多么丰富多彩，许多事都只是疲于应付，所以百无聊赖的同时也会打心底里觉得有点累，对以前那段纯真的日子遂多了份真心的眷恋，至少那时我们大可不必去想太多，简简单单地快乐着就好。

我并不清楚小和尚心里觉得有意义的生活该是一种怎样的景象，但一定会跟某个地方、某个人、某件事有关。

"那其他那些你没圈过的日子为什么就没意义呢？"

"这并不意味着它没意义啊。"小和尚似乎有点惊讶，然后一字一板地说道，"硬币并非非正即反，就好比我说自己不开心，但并不意味着我有多么悲伤啊！"

"这样的啊？"

"我们总会想当然地把很多事对立起来，自以为是。"

我不想再跟小和尚讨论这个话题了，因为他的话让我打心底里有种窘迫感，与原先设想的相去甚远，所以我狠狠掐了自己一下，告诫自己不再搭理与此有关的话。

一阵秋时的风，有落日暖暖的味道，夹杂着大地上秸秆的醇香，这是我把注意力从小和尚身上转移开来后所能感受到的。小和尚应该也会感受得到，因为我们彼此都沉默了好一阵子。

最终打破沉默的还是小和尚，"你知道一个地方为什么会被我们记住吗？"小和尚突然侧过脸，像是在喃喃自语，但我还是听见了。

"因为它值得，你并不想忘记。"我学着小和尚的口吻说道。

"不是的。"小和尚摇了摇头，显然并不满意我的回答。

"不然呢？"

"因为一个人，然后那个地方就被我们铭记于心了，曾经交织于彼此之间的岁月也被深深印刻在了那个地方，不会因光阴的流逝而改变模样。"

我对小和尚的这句话很信服，也验证了自己此前的猜想，果然跟一个地方、一个人、一件事有关，遂暗自欣然不已。千百年来一直如此，名人跟古迹永远是关联在一起的，而我们这些普通人的心底又何尝没有一块属于彼此的角落呢？

我知道小和尚十有八九要跟我讲一些属于他流年里的可爱的

花儿了，因为我侧过脸看着他的时候，他正在发呆，而我的思绪似乎一直都不自觉地跟在他后面，如影随形。

蓝色似乎是属于这个时节的颜色，宝蓝色的天空，偶有南飞雁。

他的故事淡如水，却又深似海，像扔进小河里的石子，总会在我的心底激起阵阵涟漪。我确信自己已经迷恋上了小和尚所特有的那种气质了，跟拂过水面的风儿一样，淡淡的喜欢、淡淡的愁。

06 NZF

　　"感情是件很神奇的东西。"小和尚说着的时候仰起了头，仿佛是在想一件很久远的事，那件事可能在天空尽头。

　　我并不清楚小和尚为什么突然这样说，抬起头朝小和尚看的地方望去，除了几只归巢的飞鸟之外，似乎就只有静谧的、深蓝色的天空了，偶有清风携着一片倦意的云朵飘过，夕阳涂抹了云端一角，没有人会去在意一朵云的来去方向。

　　"我知道。"我点了点头。

　　"你不知道。"小和尚把目光从遥远的天际收了回来，想要在包里找出什么东西，"喏，给你这个。"

　　我看见小和尚从包里抽出了一本算不上书的书，像是笔记本，看上去有点粗糙，但很干净，蓝白色淡雅的封面。我能感觉得到小和尚很在意这本书，因为他并不是从包里掏出这本书，更像是小心翼翼地捧出这本书，生怕磕到哪。

　　书里很多东西都是从报纸、杂志上裁剪下来，粘贴上去的，封面上有一行字"远方——蒲公英的约定",能看出来,是用淡蓝色彩笔手写的,旁边还特地贴了张小熊的剪贴画。

"真好!"我把正反面仔细地看了下,唯恐漏掉什么重要细节,我不知道除了这样说还能说些什么,但心里确实有这样的感慨。

"十九岁那年,她送给我的生日礼物。"小和尚莞尔一笑。

"她?"

我在翻第一页的时候就知道确实如小和尚所说的那般,这个故事的主角便是"她"了。多么零散的心情,多么细腻的情思,多么熟悉的青春。我在心底里盘算了一下,小和尚那时差不多也快高考了吧。

小和尚:

在这一个特殊的日子里,小熊为你庆生

你的出生对很多人来说,是一种幸福

对我来说,意味着一段美丽的缘分

感谢你伟大的父母

养育了你,因为确实不容易

感谢你自己

创造出一个个奇迹

因为你

让小熊的青春岁月 充满

微笑、感动与温馨

因为你

让小熊的记忆 添上

刻骨铭心的真情

于是，将这样的感触，写成一封情书

送给我在乎的你

祝 生日快乐 一个很美丽的年纪

小熊

2010-05-23

"小熊是那个女生吧？"我似乎问了个多此一举的问题，当然了，我并没有指望小和尚回答，因为确实多此一举。只是突然觉得这个名字很美，遂信口问了句。虽说我并不曾见过小熊，但脑海里已然浮现出了一个婉约的江南女子形象。

我相信，小和尚也一定会觉得小熊是个很美丽的女孩子，就像他们的故事一样，这点是毋庸置疑的了。

后来在心里想了想，我们所怀念的正是一个简单的时代，干净、阳光，就那样很自然地让自己在晨曦中睁开双眼，张开双臂拥抱着彼此每一瞬再真实不过的心情，多么从容的幸福。

"嗯，"小和尚点了点头，并没有转过身，而是一如既往地盯着水面，"她绰号是'熊'，我喜欢叫她'小熊'。"

身旁这位安静的少年果然叫"小和尚"，这着实让我诧异不已，他为什么叫小和尚？我跟他真的早就相识？我想了想，并没有再追问下去。

我翻过第一页的时候看见了一张夹着的小纸条，它差点就滑下去了，心里咯噔一下。我知道，如果真掉进水里的话，小和尚一定会毫不犹豫地跳下去的，说不定还会臭骂我一顿，所以我的动作变得小心谨慎了起来。毕竟，这是小和尚的宝贝。

我停下来朝小和尚看了看，他似乎能看懂我的心思，微笑点头，示意我可以打开。所以，我慢慢地把折叠好的小纸条打开，依旧是小熊写给他的，字迹娟秀如初。

在这样的时节看着别人的故事总易动容，说不尽的欲言又止，毕竟谁都打那个年纪走过，似匆匆过客，似痴痴归人：

你应该会猜到我会送你书作为生日礼物，如果你细心一点的话，应该会发现我前两次送你书都是在二十三号，只不过你不可能想到这本"书"是小熊自己"写"的。

真的，这是我最喜欢的（深深的那种）一本积累本，它是我从高一下学期，也就是我们分到一个班时开始用的，里面记录了一些随感、好文章等等，本来打算写情书用的，因为里面有好多经典的关于爱情的文字，但想了想，还是在这样的日子送给你比较好，就当是回报啦！嘿嘿——其实这点回报也不够啊——不过提一点要求，一定要好好爱护它、保存它，以后想它的时候说不定会去你那儿"借"来看一看再还给你，要是弄丢了它——你不会的，我假设一下啦——你就等着被我宰吧，呵呵。

因为这本积累本真的是我珍藏的、最爱的，决定送你之后又好好地装饰了一番，看到它，你就要想到小熊是花了好长的时间、好多的精力才"创造"出这本美丽的"精华之书"的。提醒一下，里面有些内容与高考有关，比如名著阅读、作文素材等，但一些诗句先不要细细琢磨，太浪费时间了，好吗？高考后，随便你怎么去研究它啦。

总之，见书如见人，大学后也要带着它，里面还有一些空白等着你去填补呢！高考快近了，在这一个特殊的日子里，为你许下一个美丽的愿望：梦想成真，创造奇迹！一起加油！

我是在家里把这些摘录下来的，因为小和尚说太阳快要落山了，他要早点回去，所以我把那个叫小熊的女生给他的笔记本带了回来，而小和尚并没有要收回的意思，只是说这些只能让我一个人看，明天这个时候再还给他。

我拿起笔的时候突然有种生疏的感觉，多么讽刺，自从上了大学就很少用笔了，许久不在纸上写一些自己的心情了，所以这次我下定决心要写点什么出来。把笔记本从包里掏出来，掸掉上面薄薄的积灰，闭眼想了会儿，最终决定把小和尚给我的东西摘录下来。这似乎是件更讽刺的事，因为我写的是别人的心情，但无可否认，这是件很难得的事，小和尚竟对我信任至此。

小和尚把笔记本交给我之后，我并没有站在那儿目送小和尚走远，因为我不忍心看见小和尚的背影，秋风总是这般让人又爱又恨。不知道自己为什么会有这种突如其来的悲悯之心，不多想了吧，我知道夕阳确实要落山了。

07 NZF

我坐在床上很认真地翻看着小熊的那本笔记本，略微泛黄的纸页让我嗅到了时间的味道，似乎在翻着自己当年空白的心情。灯光的缘故，纸页的另一侧凹进去的地方一片漆黑，遂不时地用手按一下。

秋日的夜晚并没有夏日里蟋蟀和青蛙的多重奏，傍晚的风儿也在璀璨冷艳的星空下湮没了痕迹，只有仿佛在冰刀上磨过的月光从窗帘的缝隙间漏进来。这一秒是多么美妙，我能听得见父亲在隔壁房间已经响起了此起彼伏的鼾声。

乡村的夜晚的确很静，没有花枝招展的霓虹搅扰视线，大地在熄灯之后便渐渐进入了梦乡，跟生活在这片可爱的土地上的人儿一样，做着些关于明天的梦。也有人会像小和尚那般在日历上圈圈画画，然后日子就这样不知不觉地到来、过去。

我是打心底里喜欢乡村的这种质朴，平静如小河里的水，偶尔激起的涟漪也会在远处淡成安详的姿态，像融入天际的炊烟，多少年来都是这般，日落月升，耐人寻味。我也丝毫不曾因为自己不能生在城市而悔恨，反倒是觉得很庆幸，因为钢筋水泥间多是踽踽独行的孤魂。

只是有一件事一直让我耿耿于怀，就是为什么当年的我不能像小和尚那般有奔跑的勇气，这种身心的无限放纵在如今已经不敢去尝试了。

冷静了一会儿，并没有把心思过多地停留在自己的可笑上，而是又继续看起了小和尚给我的笔记本，因为我确实陷进了他们的故事里，多么真实且充满了诱惑。

不禁慨叹，云淡风轻的日子里，原来我们都可以如此简单而幸福着：

那一年，那段纯真季节

高三，我们相遇相知，简单的最纯美的故事在彼此的微笑里荡漾。于是，我们深深喜欢上了那种最单纯的感觉，在高三特殊的季节里，抒写着属于我们的故事。

——谨以此文纪念我们的时代

那一天，她在台上挥洒着泪水

也许这样的她与平日里大大咧咧、爱笑爱闹的她有所不同

他在台下，涌起了阵阵心酸

记忆里那些逝去的艰辛的岁月浮现在了眼前

或许，从那一天开始，他们就注定会相遇

而最后的结果确实如此

她只是碰巧问了他一道题

他细致的分析，落款时的笑脸

从此成为标志

或许，从那个笑脸开始，她就开始关注起他

每次擦肩而过

就这样给彼此一个最真的微笑

那种静静的感觉使她开始沉醉

那一次，她正为考试失利而伤心

他递来的一张明信片让她感觉到了阳光的温暖

她的心里溢满了感动

那个熟悉的笑脸再次浮现，犹如他微笑时可爱的表情

从那天开始，她知道了他是小和尚

她告诉了他，她是熊，只是他叫她小熊

这样一个暖暖的称呼

让习惯了照顾别人的她

第一次觉得有人在乎

所以，她也写了一张明信片给他

只是

小心翼翼地没有署上姓名

从那以后，他们喜欢用小纸条来相互鼓励

只是她不曾发现，自己对他已有所依赖

又一次觉得距离自己的理想很遥远，压抑难受的她对他
　倾诉

他的话似乎一直都像冬日里的阳光般让她笑起来

在最需要的时候安慰了她失落的心

《一米远的天堂》里的那位主人公让她重新有了自信

橙色的背景，雪地里静谧的小屋

还有那些令人感动的文字

构成了那一张贺年卡片

她一直细致地保存着

他送她的那个核桃依旧被她很小心地放在床头

每天会熬到很晚才睡，但心里看着的时候真的很踏实

他很安静，喜欢静静地坐在那儿看书

她也很喜欢看他学习时的样子，很执着

只不过一个坐在最前排，一个坐在最后排

后来发现他们都如孩子般单纯而执着，有着小小的梦想

如此简单，但却幸福着

他们迷恋上了写小纸条，说一些属于这个时候的心事

他回给她的纸条都被她很好地保存着

放在包里最安全的角落，只有自己知道

他总会在学习上教她很多管用的方法，她心里真的很感激

一直在默默地接受着，不知道该说些什么好了

除了感动，还有一些愧疚

他对她这么好，而她又为他付出了什么

于是有了一些莫名的害怕

周围人的流言开始传了起来

她一遍遍地解释"我们只是好朋友"

是吗？她问自己

最真实的内心告诉她，不是

所以，她想过逃避，说不出为什么

可是当一种感觉真的来临

逃避只是另一种陷入忧郁的徒劳

有时候在夜里会有种想哭的冲动，并不是心情不好

后来裹着被子又笑着睡去了

这样的日子真的很容易溜走

寒假的时候是她二十岁的生日，她真的希望他能来

只是很小心地没说出为什么那天要让他来

电话那头响起的时候她的心都快要跳出来了

但最后他说那天没空，她心里还是有点失落的

并没有过多地勉强什么

而他也是在开学后才知道她说的那天是她的生日

一个很美的年纪

人这一辈子里有许多第一次

就像有些人一样，注定只是过客而已

而我们曾经一直自以为值得的坚守在如今看来似乎显得
　一文不值

珍惜过的，错过了的，执着或不执着也这么走了过来

心底里珍藏了属于我们这个年纪的小小的喜或悲，其他
　人不会懂

那天唯一去了的那个男生喜欢她已经有五年了，不过她
　一直都不曾答应什么

或许那个时候她还不懂得什么是诺言

遇见他的时候她似乎明白了，有些人真的只会出现这么
　一次

她没有选择回避，而是鼓足勇气说了出来

有些话，说出来真的比憋在心里要好很多

他们，约定

他们相信一切都会好好的

可能许多时候，一个人的梦想是另一个人给的

她在遇见他的时候就相信了这句话

因为她要好好学习，而他也一直不厌其烦地帮忙

他至少会考进一类大学，而她并不奢求什么

只要在同一座城市就心满意足了

这也算是她心底的一个小小的梦想了，关于彼此

有时候也会突然觉得有点对不起他，因为她让他伤心过

想想是有点小孩子气了

他说她跟以前的一个女生有点像

她当时听了心里真的很难过，因为她不想做别人的影子

难道自己一直在意的感情只是为了延续另一个人的影像吗

她不相信，但还是选择了沉默

后来他写了好几张纸条，她没有回

但最后一次她哭了

在上英语课的时候哭了，眼泪止不住地溢出了眼眶

她知道心里还是很在乎他的

她所说的平行线并不是擦肩而过时的漠然

而是牵手并肩，这是他的解释

他们最后还是变得好好的了，她心里真的很开心

突然觉得在这样的季节里真的离不开他

也许只有经历了才会有这样的体会

恋上一个人的感觉也只有彼此的心里才能感受到

而她知道自己是真的恋上了一个白衣翩翩的少年，在一

　　个夏日的午后

她喜欢把头埋进尘土里

但心早已开出了灿烂的花儿，只为了一个人

高考也就这样临近了，在他生日前半个月

她看着日历一直盼着这天，只想让他读懂自己的心情

这是她精心为他准备的，算不上华丽

但她相信彼此真的很在乎

她也在心里许下了一个小小的愿望

说一声"生日快乐"，十九岁，很美的一个数字

脑海里划过了一颗流星的弧线，只是希望彼此都要一直
    好下去

因为人生真的就像一次单程旅行，错过了，也就不再有了

而她相信，他值得

《传奇》里的最后一句话正是她想对他说的

希望永远陪在身边，不曾走远

故事还在继续

…………

夜渐深，我并不确定这是诗歌，还是散文，抑或什么其他文体，我唯一确定的就是，这是属于小和尚和小熊的心情，可能说得更确切些，这是小熊写下的关于彼此的心情。美到窒息，美到全世界都沉默。

很久都不曾有过如此切实的感动了，身临其境，第一次真切

地感受到了"力量"这个词。其实每个人的心里都会住着这么一个他或她，只是情节不同，所以我的确是迷恋上了刚刚翻看时的那种感觉，在这样没人打扰的夜晚，任思绪漫开，铺满了夜空。

我不知道小熊和小和尚许下过什么诺言，也不知道这样一个愿望能否得以实现，因为未来相对于那时的我们来说还很遥远，他们能做的，就是选择坚守最初的自己。

我并非故事里的男女主角，但心底里有一种看似悲观但却很贴切的感觉。我想，小熊也会这么觉得，那是一种什么样的感觉呢？即使结局不是当初所期待的，也要在心底为对方留下一片最圣洁的天空，那里有他和她的笑脸、有感动、有纯真年代、有一抹最干净的阳光。

流年似水，因为微笑，因为真诚，因为很多很多……

i08门

脑海里莫名其妙地浮现出"门"这个意象，因为我相信一个人能对另一个人敞开心扉真的是件可遇不可求的事，而叩开另一个人心扉本身也不是一件很容易的事情，那得在佛前拜求多少年啊！

我也很好奇谁是第一个发明门的人，因为从门被发明的那一刻起，就注定了有一种隔阂的产生，让我打心底里觉得门是用来关的，就像一个人的沉默一样。有了这种莫名的体会，所以我更能感受到小和尚与小熊两个人都是很幸福的，偷偷欢喜。

幸福的人总是相似的，我知道自己羡慕的并不仅仅是他们的故事本身，而是一种很深刻的、甜蜜的、久违的内心体验，这种怦然心动的感觉确实不常见了。

世界在此刻都彻底安静了下来，我依稀看到了自己的影子，像黑夜中晃动的烛火，那些执着坚持的、那些甜蜜忧伤的、那些或铭记或遗忘的，似乎都成了故事。曾小心翼翼爱过的人、曾无法抹去的回忆在瞬间清晰，渐又模糊了起来，多么啼笑皆非。我在想，要不要把自己的故事也偷偷告诉小和尚？他会笑我吗？

我知道每个人都会有一种属于自己的姿态，就像我喜欢仰望天空一样，在某个安静的午后，直至潸然泪下。看着天边飘过的白云，想起那些渐行渐远的人和物，傻傻地问自己，我只是个守望者吗？

现实就是这般，有些话藏在心里久了，会变。只因自己觉得时机欠佳，遂一直忍着没说，等到时机成熟的时候，却发现尘世早已变了，终不想再说。就像小时候看见商场玻璃壁橱里的玩具，多想买一个跟自己同枕共眠，但物质条件并不允许，后来，等到买得起时，已经不想要那个玩具了。

许多时候我都喜欢一个人盯着纳兰词发呆，想些诸如"人生若只如初见，何事秋风悲画扇"的心事，用小和尚的说法便是，这确实是思考。

而小和尚说他已经恋上了那种山一程、水一程，风一更、水一更般的行者相思，我并没能很好地理解这句话，但还是点了点头。

"我觉得做一个守望者也不错啊！"小和尚在第二天的这个时候说道，他依旧比我去得早。

"我不习惯等待。"

"那就尝试着去习惯。"小和尚把我递过去的笔记本小心翼翼地放进了包里。

我曾不止一次在无意中犯过一些低级错误，从而引发了我对"习惯"这个词的思考。我后来始终相信，习惯是个很神奇的东西，而每个人都会是习惯的奴隶，就像一个喜欢幻想的人，他已经习惯了活在自己脑海中编织的世界里，所以我一直觉得一个已经习惯了什么的人是可叹的。所谓叹，或赞叹、或慨叹、或惜叹、或怨叹，因事而异，要知道，习惯本身并无褒贬之义。

"所有人都是可叹的。"我最终还是说出了这句酝酿多时的话，且在语气上权衡良久，尽量不想引起别人的误解，尽管我知道小和尚的初衷可能并非为了诱导我得出这样的结论。

小和尚盯着水面看了半天，这个时节似乎一直都是这种秋高气爽的天气，惬意与相思一样绵长，似根思落叶，似离人思远方的挚爱，似农人思累累硕果……人心总是思暖，幸好，傍晚时分，风还不曾寒透，夕阳的暖意仍占了上风，像一坛醇酒，看一眼都醉人。

我不止一次用很好奇的眼神看着小和尚，眼前坐着的这个人有着跟这个季节一样的安静，像低头的稻穗，穿着一尘不染的衣服，跟他闪光的眸子一般。

"如果你觉得值得，那就去做。"小和尚若有所思了一段时间后突然说道。

"怎样才算值得呢？"我有点好奇。

"问你自己。"小和尚接着说道，"人这一辈子也就这么几个十年，许多事都显得很没有必要，但有些东西不能等，比如理想和亲人，还有一个就是爱情，这些有时候是水乳交融联系在一起的。"

"时间真是神奇。"我叹道。

像太阳东升西落，像四季春去秋来，像大雪压枝天地梨花开，我一直觉得时间是个很神奇的东西，因为只有经历了才能慢慢感觉到时间的一二，但终不可名状。所以我感叹了那样一句曾经说过的话，然后就陪着小和尚一起沉默了起来。

我并不清楚小和尚后面所说的话到底想说明什么，并没有想再问下去，因为小和尚一般不会说那么长的一段话。事实是，小和尚已经说得够清楚了。当然，仍要交给时间。

09 NZF

人在不经意间是很容易忘掉一些事情的，因为我们习惯了站在当下幻想着下一秒的美好，逝者如斯夫，随风去吧。

想起了某年冬天的夜晚，我在菜园子撒尿，看见了远方绽放的烟火，后来写了首交错时空的小诗《这一秒》，与刚刚提及的话题倒有几分应景。

这一秒

远方的烟火与蛙鸣

墙角的莲叶和月光

你说当下多美

上一秒的拥有

下一秒的逝去

我立星辰下

看着这一秒的你

　　这么多年来，我似乎一直在刻意隐瞒着什么，而小和尚对过往的许多事都显得很坦然，像是在叙述着另一个人的故事。我知道自己学不来，但有一点，就是我至少学会了欣赏。更好的欣赏，只为了更好的感受。

　　"你是双子座？"我并不清楚小熊写下的那个日期是阴历还是阳历，遂忍不住问了一下。

　　"嗯，她是水瓶座。"

　　小和尚说着的时候似乎在轻轻地笑着，他总是这样。我在侧面看得并不太真切，因为夕阳打过来，他给我的永远是一个干净的轮廓，而他总喜欢一直盯着平静的水面若有所思。

　　"真好，水瓶里的熊。"

　　"你知道？"小和尚突然转过来问道，而我并不知道发生了什么。

　　"什么？"我愣了一下，因为我确实不知道小和尚到底想说什么，"'你知道'这三个字，既可以是问句，也可以是暗示一句话的开始，与'呃、嗯'无异。"

　　小和尚似乎也看出了我的诧异，所以便又转过身去，像是什么都不曾发生过一样，"'水瓶里的熊'是她的另一个名字。"小和尚悠悠地说了句。

　　我在小和尚的言语间感受到了"时间"这个词，不止一次这样觉得，这是一种奇妙的体验，可触可感。

我有想象的自由，所以我能猜得到他俩之间的时光消磨在了笔尖下，就那样一点一点地逝去，消逝在一段又一段无谓的遐想和祈盼中。

"她为什么会在台上哭出来呢？"这是昨晚困惑了我一宿的一个问题。

"你知道，每个人的心都是柔软的，情到深处，我们根本抵抗不了，这是时间的陪伴，或者说，时间的馈赠。"

小和尚像是在喃喃自语，说着的时候闭上了眼睛，可能他正在回忆着这是哪一天的事情。我并不着急知道那天到底发生了什么，因为小和尚一定会慢慢地讲出来，就像叙述着另一个人的故事。

"那天下午学校有个演讲，让人上去分享一些铭记于心的爱的故事，亲情是个不错的选择，我们这个时代丢掉了太多古老而美好的词汇。"小和尚缓缓说道。

"她主动上去的吗？"

"嗯，"小和尚轻轻地点了点头，"她讲了小时候跟父亲的故事后，就止不住地哭，跟核桃有关，那时的我们竟是如此相像。"

"为什么呢？"

"每个人心里都有一片秘密花园，那里种着情根，譬如亲情。尽管那个时候还不懂耕耘，但总归会懂的，耕耘真是件幸福的事。"

我并没有问小和尚心底的那片秘密花园到底是什么模样，秘密终究是秘密，但如其所言，花园里的花一定是有颜色的。人就是这般，因为花园里有了这朵独一无二的花，你便会觉得整片花园都独一无二。就像村里老人说，人死了并不会消失，而是会化作一颗星星世代守护，我们便会因为这颗独一无二的星星爱上整片浩瀚星辰，渐渐地，爱上仰望星空。

我想象不出小熊当时是在何种信念的驱使下有了一种大无畏的勇气站在台上跟大家分享秘密花园里的那朵娇艳的花儿，小和尚并没有告诉我缘由。唯有一点我深刻地体会到了，就是小熊真的很爱她的父亲，我相信，这也是源自她父亲对她深沉的爱，这份感情并不会随着时间推移而日渐淡去，反倒是历久弥新。

我似乎很少在别人面前谈论自己的父母，准确点说，是从不曾谈论过。好像也没人问过这个话题，那个时候大家似乎都很忙，忙着各奔远大前程。

想起那一天，我是在父亲去路口接我的时候，才发现父亲的头上已经生出了数不清的白发，路灯下可以很明显地分辨出来，我知道父亲早在一个多小时前就骑着摩托车到交叉路口那边等着了，为的是不错过我这个从远方归来的孩子，那是我外出求学后第一次回家。

我老远就冲父亲挥手了，父亲迎上来，一把抓过我手里拎着的行李，大大咧咧地嚷了声"小炮子仔"，就向前走了去。

风很刺骨，但被父亲的肩背挡去了不少。明明我早已成年，但趴在父亲宽实的肩背上竟似有一种久违了的踏实，让我切身体会了一个人在异乡的生活有所缺失，暗自唏嘘。

记得自己很小的时候，那时还不曾上学，家里有一辆凤凰牌自行车，父亲骑着它出去的时候我就有了盼头，因为父亲答应说要给我带一块面包回来。

我并不知道面包是什么东西，听父亲说，那是一种很好吃的东西。那时还是盛夏，我跑到村口的老槐树下面很有耐心地等着、盼着，母亲拗不过，连声说我傻。我才不傻呢，盛夏的树荫下凉快得很，不比电风扇差到哪。

功夫不负有心人，终于，我老远就听见了父亲按铃铛的声音，跟树上的知了声一样清脆，我赶忙撒开腿迎上去，迫不及待地从车龙头上扯下塑料袋，记得那时的我还没有自行车高。

我至今记得，面包并没有父亲说的那么好吃，有点干硬，好在回家喝了碗水就舒服了不少。这并不影响我第一次觉得自己是村里最幸福的孩子，仿佛拥有了全世界。因为那是我第一次吃到一种可以称得上"零食"的东西，零食在村里可是奢侈玩意，那可是父亲大老远特地带给我的。

正因如此，我从不觉得自己的童年多么空白，清苦但快乐着，因为我知道自己并不缺少一种叫"爱"的东西。

这是冰山一角的记忆，我一直小心翼翼地呵护着，似一盏灯，能照亮归途，也能指明前行的方向。

10

我很同意小熊在文章里所写的，人这一辈子就像一次单程旅行，许多人和事真的只会出现那么一次。

过客常有，归人不常有。

每个人都在经历着风风雨雨，享受着爱与痛的煎熬。因为光有爱还不行，好似只有相聚，没有别离，谈何珍惜？我很讨厌那些所谓"下一次、再说"之类的敷衍之词，我也并不是太相信一个人会有来世，很多人、很多事，过去了，就过去了。

人有时候也很矛盾，从唯物主义角度看，人确实没有来世，但我们又是如此自私，譬如当一位亲人离世时，我们又宁愿相信有来世的存在。

"你知道，这是一种幸福。"小和尚轻轻地晃着腿说道，"人总是自私的，有点经历总是好的。"

我不知道小和尚为什么每次都能猜到我的心思，但他确实猜得很准。

有的人希望自己不堪回首的从前是一片空白，那样就没了忧愁、没了牵绊，实在想忘又忘不掉的话就借助酒精遗忘。天总会亮的，酒总会醒的，但至少有那么一段时间，你是自由不羁的。

但我却不敢那样恣意，因为我相信发生的所有的一切都是老天爷恰如其分的安排，人生不就是一场精巧的局吗？我害怕将自己的过去遗忘，只剩下空虚的行囊，承载着虚妄的明天。所以我总会时不时地抬起头，看看头顶的那片天，想想自己的渺小，想想自己的真实，想想自己还能看到这片可爱的天空，慢慢也就释怀了。

"我喜欢落日。"小和尚突然说道。

"为什么呢？"我知道自己还有好多问题，好奇心被一种莫名的引力拖拽着，但又一直没能很好地理出个一二三来。

"那是一种安静、厚重而磅礴的力量，从一个极端缓缓地落入另一个极端，如始似终。"

小和尚的言语韵味悠长，他说着的时候我也忍不住朝西边的落日看了一会儿，依旧是又大又圆，家园落日总是这般，如小和尚所言：安静、厚重而磅礴。

"多么伟大的自然。"小和尚补充道。

说不出什么缘由，不止那么一个瞬间，我总觉得如果没有小和尚坐在身边的话，我可能会打心底里有种孤独感，是对自然的一种漠视吗？但明明我很用心地看着家园落日的时候，也会有才下眉头、却上心头的孤独感啊，多么啼笑皆非。

夕阳的余晖似饱含着孤独而善意的光芒，在广袤的人世间搜寻着遥相呼应的另一份孤独。然后，光在你眼里。

我总是像一个多愁善感的女子，时常会莫名被一些细微的东西感动。一首平时听也不听的慢歌，一只阴雨天里的鸟儿，一阵风吹过时的沉默，一片寂静包围着自己的心潮澎湃……

"更多的时候我们是被自己感动，怜悯自己遭遇的不公，似乎要与全世界为敌，这是种欺骗。"小和尚把目光从日落的方向缓缓地收了回来。

"没有人会在意这个的，对世界而言，我们只是一个人，沧海一粟。"我突然想起了石头写在笔记本上的那句英文，这明明是一个很严肃的话题，但我说着的时候忍不住扑哧一声笑出来。

"自己是最好欺骗的一个人。"小和尚淡淡地说了句。

"是的，自己也是最难欺骗的一个人。"

"有的人就这样走进了另一个人的内心，而有的人永远在门外徘徊。"

"比方说核桃？"我暗自惊讶小和尚竟然也用"门"这个意象，我也不知道自己为什么会突然提起核桃这个东西，只是因为我昨晚看着小熊写的那些文字时感到很好奇，的确是一种很原始的好奇，这是多么突兀的一样东西啊。

小和尚并没有之前听我提到"水瓶里的熊"这个词时显得那

么惊讶，只是轻轻地"嗯"了一声，"对的。"他点了点头。

我知道小和尚要跟我说什么了，因为他听我说到核桃的时候就一直出神地盯着水面。"那应该不是一般的核桃吧？"我笑着问道。

"你知道，在她很小的时候，她父亲每次从外地回家都会带一大袋核桃给她，这是她记忆深处的东西。"

我能猜得到那个时候小和尚还不曾走进她的内心。"你是怎么知道的呢？"我有点好奇。

"是那天她在台上讲出来的，我们还不算太熟，但有些事往往会在特定的时候得到确认，比如一种感觉，或是某种信念。"小和尚顿了顿，"后来我特地从家里带了两个核桃给她，我也是在收到她给我的那份生日礼物时才知道她一直留着一个，我当时笑了。"

"你当时一直在笑。"

"我问她的时候，她说有些东西永远不会变质。"小和尚说到这里的时候恢复了往常的平静，跟我刚遇见他的时候一般。

我始终没能想象出他们故事里的完整情节，小和尚说着，我听着。他们的故事一定很美，即使结局不是自己所期待的那样，但只要彼此懂得，这便够了。更何况这还是在那样美丽的年纪里，在那样一个荷塘飘香的时节里发生的故事。

也是在那样美丽的年纪，也是在那样美丽的时节，我知道自己其实并不曾孤单，连回忆都没有的人才真正孤单。但我并没有对其他人提起这些，即使是大头和石头，这毕竟是我的秘密花园。

"其实我也有一段似曾相识的记忆。"我最终还是忍不住把这句话对小和尚说了出来，我也想像他一样把自己的故事慷慨地告诉他。

"我知道。"小和尚点了点头，"其实每个人都本该有这么一段值得回忆的美好记忆。"

"那个年纪的幸福都是相似的。"我突然发现自己也能猜得出小和尚的一些心思，就跟小和尚总会在不经意间说出我的心思一样微妙。

"毕业那年，恩师寄语，说了句我永生难忘的话。"小和尚似乎在搜寻着那句话，"恩师说，如果这个世上有成功的话，那就有两个标准：一是找到一件你感兴趣还能养活你的事，二是找到一个你爱还爱你的人。"

我正打算把自己心底一直小心翼翼珍藏着的故事讲出来，但倏忽间又被小和尚刚说的那两句话迷住了，遂应声点头，把自己要分享的故事也搁浅了。兵荒马乱的青春，想来也不需要赘言了，而我知道小和尚从一开始就没有把彼此的故事交换一下的意思，也确实没那个必要。

可能就像我刚刚对小和尚所说的那样，那个时候的我们都有着相似的幸福，简单着，快乐着。而我在听小和尚讲述的时候能强烈感受到我当初的那份心情，所以我忍不住笑出声来，就像当年的小和尚与小熊的心情一般，温暖了这个即将到来的冬日。

"你喜欢笑？"我突然觉得有点矛盾，因为小和尚并不曾开怀地笑过，而小熊的文字却说彼此都喜欢傻傻地笑出来，他只对小熊一个人笑吗？

小和尚听我这么问的时候确实笑了出来。"你会对着一个不喜欢的人傻笑吗？"小和尚反问道。

"也对哦，那样就傻了。"我耸了耸肩。

"有些感觉是说不清道不明的，就像我每次看见她的时候都会笑出来一样，那种感觉，就像是阳光跌落云端。"

小和尚真是个画家，他说这些的时候是如此漫不经心，又是如此沉醉其间，像是在很认真地创作一幅画作，那种专情是可以感染他人的，多么让人心动。一颦一笑，一笔一画，一草一木，一天一地。

滴水有乾坤，在平平仄仄的流年里，多少细微的暗示只有彼此能够懂得，好似走在一起时一致的步伐。

"就像我们都喜欢躲在一个安静的角落思考一样。"我笑了笑，而小和尚并没有吱声，我知道他表示了默认。

在自己深爱着的这片土地上，在这样一个多情的季节，我不知道自己除了思考之外还能做些什么比较有意义的事情。现如今，我已经不再把思考定义为发呆了，因为我知道自己确实在想一些东西，可能更主要的是小和尚还坐在自己的身边，我不想让自己看起来那么狭隘。

于是我在脑海里对生活有了这么一个印象，像是被水洇晕过的写满心情的纸片，无法揣摩其间的含糊其辞，而另一方面又觉得她耀眼如晨曦中晶莹的七彩露珠，身体小范围的晃动、思绪的一点点变化都可能会使她发生翻天覆地的改变。所以，一切都需要如此小心翼翼。

生命是崇高的，生活也是值得抒写的，尽管探本究原也得不出什么所以然来。

我也始终相信，偶尔的思考应该会在某个特定的时刻彻底改变一种心态，所以我们都不该使自己显得如此匆忙。毕竟，再宏伟的目标一旦与生活中真善美的点滴背道而驰，那就使生命与生活显得毫无意义了。

为一朵花驻足片刻，本身就很美，不是吗？

　　我记住了小和尚无意中说过的一句话，就是理想和亲人不能去等。这点很容易理解，因为一个人的斗志会随着时间的流逝而变得愈加微弱松散，子欲养而亲不待的道理更不必多言。

　　至于爱情为什么经不起等待，我一直不能很好地理解，似乎能揣摩出点什么，但好像又有点飘，而小和尚当时并无丝毫要解释的意思，所以我在回去的时候提醒自己先把这个问题惦记着，不然明天可能又要忘了。因为我知道，跟小和尚在一起的时候，思绪总有点不受控制。

　　依然是在这样和煦的秋风落日里道别，不过我这次是站在桥上看着小和尚渐行渐远的，内心多了重暖暖的感觉。我并不清楚小和尚为什么会在这样的日子里出现在我的生活中，让我如此心甘情愿地坐在小石桥上听着另一人的故事，仿佛在回忆着自己的往事，记忆遂多了重安静而厚重的味道，跟落日一般。

　　这趟回老家正值国庆假期，大学的氛围是惯有的懒散，想来待在学校也无所事事，倒不如回来透透气。

　　"乡村除了无边的寂寞，就是无尽的幻想。"这是我曾对大学里一个很要好的朋友说过的话，因为他那次非得要跟我一起回老家玩一趟，吃些土特产之类，我只能在欢迎之余为这个彻头彻尾的城里的孩子捏了把汗。

　　果不其然，他只待了两天的样子就嚷着要回去了，我耸了耸肩就送他去镇上的路口等车。可能这只是每个人的生活习惯不同而已，并不影响他对我家乡的赞许，因为我们那儿的环境也着实清静优美得很，颇有"鸢飞戾天者，望峰息心；经纶世务者，窥谷忘反"的感觉，民风也再淳朴不过了，并非如"钢铁"水泥那般冷漠，这些都可以很强烈地感受到。

　　也许在"城市"这个词还没出现的时候，生活在乡土中的人并不知道什么是乡村，他们日出而作、日落而息，把双脚深深地插进脚下的这片可爱的土地，对一花一草有着一种最原始而质朴的情感。那时候的时间并没有现如今来得紧凑，一位老者可以在落日时坐在朝西的门槛上磕着烟灰，念叨一些只有乡人才懂的念想，视线所及处是他刚从那归来的那片田地，夕阳洒满了一路的灿烂，也把他的念想深深地融进了他闪光的眸子里。

　　那时候真的可以夜不闭户，如果黄鼠狼不偷鸡的话，邻里之间的相处都是再融洽不过的了。一片土地总有着一份属于这片土地的情结，而这份情结在许多时间地点竟是如此相似，无关乎时空。

　　我总记得这样一幕，夏日的夜空下，先是两三家拾掇了好几条板凳到家后的土场上去乘凉，谈笑间就发现，在不知不觉中，人是越聚越多了，小孩子在其间追逐打闹着，大人们慢悠悠地晃着手里的蒲扇，有一句没一句地扯着家长里短，那时的蚊子还不像现在这般多，而那时乡村里的人也不像现在这般少。

　　我承认这样一个观点，就是每一种新生的事物都有着不可抗拒的诱惑力，而随着城市化进程的日益加快，乡村的身影似乎愈加淡去了，只有为数不多的人依然坚守在那片深沉的土地上，在与乡村的厮守中渐渐地老去，就像扔在墙角好久都没用过的农具一样，锃亮的躯壳上也多了层岁月的微尘。

　　出去的一般都是像我父亲这样的男人，简单打包一些生活用品，买一张车票，在一个有秋露的清晨匆匆走过那片熟悉的田地，去远方陌生的城市，然后靠力气多挣些钱，等到清明、中秋和春节这样的大日子才能回来一趟，生活的艰辛自不必多言。

　　你想过吗，他们为什么要出去受别人的冷脸挣血汗钱？很简单的一种信念，只是希望自己的孩子能在外面过得好些，能在异乡吃饱穿暖，别因囊中羞涩而手足无措，这是所有生活在乡村里的人共通的一种信念，一种原始而质朴的爱，跟脚下的那片土地一般深沉。

　　父辈们知道自己的根在乡下的那片土地，而我们这些孩子呢？在岁月的磨砺中，我们中的大多数都早已把父辈身上那些关于责任与坚强的品质给遗弃在了城市里的茫茫人海与灯红酒绿中，对着镜子把自己打扮得人模人样，以为就该那样，而城里人只要擦肩而过时不屑地一瞥就足以让他们自卑到无地自容，然后内心生出诸多纠结与矛盾。这些忘了根在哪的人总想徒劳地证明点什么，多么可笑与不堪。

许多感觉是不能去比较的，就像生活的幸福，一种纯粹的简单难道不美？与其把自己硬生生地塞进一种与骨子里极不协调的环境，与其让自己看似坚强却又极其脆弱的尊严在这样一种陌生的环境里被肆意地践踏，我们是不是该下定决心触摸某种回归呢？

生活的目的无非是为了活得更好，在城市里艰难地维生并不等同于所谓的有出息。而许多幸福本是触手可得的，就像从乡村走出去的孩子，当他们在某个时候把自己深埋于城市里一个寂静的角落时，会不会有那么一个瞬间，脑海里浮现出儿时在巷子里嬉闹的场景呢？这便是打破时空限制的魅力。

如今看来，乡村在岁月的变迁中的确改变了不少，而唯一不曾变过的，就是心底里这样一种感觉，恰如我对那个城市里的同学所说的那般，又寂寞又美好！

母亲曾笑着说我总会想太多本不属于自己这个年纪该想的心思，我未曾点头，但也未曾摇头。

我第一次感受到理想与现实的双重落差是在高考之后。没高考之前，每个人都在一片漆黑中摸爬滚打，眼前似乎只有一盏引路的灯，那是一段激情燃烧的青春岁月。后来，我们步入了象牙塔，突然发现，我们竟是如此彷徨。十年寒窗，我们树立的远大理想就是到这里来看看这些不属于我们的大楼吗？我们赌上了最宝贵的青春，可是怂恿我们下注的那些人又去哪了呢？他们为何不善始善终？

很多人的日子并不能称之为生活，因为我觉得能真正称得上生活的日子定是充满了梦想这玩意儿，尽管此前我一度觉得谈梦想会让人觉得很乏味。但是，连虚无缥缈的梦想都没有，岂不是更乏味？

写下五首五行情诗的那年冬天，我就知道，如果一个人在旅途中丢了梦想，这真的是件很糟糕的事。因为，没了梦想，会一并丢失很多古老而美好的词汇。要知道，"梦想"这个词可是价值连城，如果连梦想都弃之如敝屣，遑论其他。这些美好的缺失无疑将是一种无法弥补的遗憾，要知道，人生旅途并不是无谓的忙碌所能充实的。

忽忆张岱《陶庵梦忆》里的一段话，不失为一个绝妙注脚："人无癖不可与交，以其无深情也；人无疵不可与交，以其无真气也。"

所以一种真正有意义的生活往往伴随着较真，哪怕只是每天午后的一杯清茶，也一定要把沸水凉到八十度方才冲泡。

同样，我也并不反对一个人为了自己的理想义无反顾，这种冲动就像小和尚所说的那般，确实难能可贵。纵观古今，理性是成不了大事的，所有伟大的萌芽都是靠脑袋一热的感性，只不过有的人坚持了三分钟，而有的人像竹子扎根一样坚持了三年，乃至更久。

人心有限，里面装下了这个，自然装不下那个。我也曾暗自抱怨各种不如意，总希望喜鹊能捎来好消息，后来慢慢发现，保持一颗思考的灵魂和一种达观的心态才是我真正应该做的。我始终记得母亲在很久之前就跟我说过的一句话："要是烦神有用的话，坐在那儿不睡觉去烦，我也可以陪着你一起烦。"母亲总是这样充满了生活的智慧。

很喜欢康德曾说过的一句话：自由不是想干什么就干什么，而是想不干什么就可以不干什么。

但现实的可悲之处就在于，许多人为了前半句话不惜撞得头破血流，而忽视了自己本可以选择的"不干什么"的这种权利，直到油尽灯枯之时也没能很好地体会后半句话，这真是莫大的悲哀。

突然怀念起鸿雁传书的时代，甚至更久远，像少年怀念儿时、老年怀念少年，那个时代，陌上花开，一念一生。

想起小和尚临走时感叹说自己是一朵等待爱的荷，多么稀奇的一个比方。我并不能很好地把这句话与他先前所说的"不能等待"联系起来，他总是这般让人捉摸不定，多么可爱的一个少年。

12 NZF

　　我决定背起行囊远走他乡的那年，确实把许多发生在这片土地上的事情刻在了院子里的老树根上，人总要有些念想才能明白存在的意义。

　　很喜欢龙应台《目送》里的一段独白："我慢慢地、慢慢地了解到，所谓父女母子一场，只不过意味着，你和他的缘分就是今生今世不断地在目送他的背影渐行渐远。你站立在小路的这一端，看着他逐渐消失在小路转弯的地方，而且他用背影告诉你，不必追……"

　　我还不曾为人父母，也不曾很安静地看过谁的背影，因为背影总是跟离别牵扯到一起，所以我在去外地求学前的那段年少岁月里并不曾有过诸如伤感的情愫，也不能真正读懂朱自清笔下的背影该是一种怎样安静的厚重。

　　直到这样一天，父母帮我提着早就收拾好的包裹和箱子，小心翼翼地锁好院门，很笨拙地走到了镇上的车站，天刚微微亮，

我们还要转车去另一个镇子上的路口等南京的长途客车，就这么
一辆。

"就到这边吧！"母亲帮忙把东西塞好对着我说，"去了注
意吃饱穿暖。"

"嗯。"我看着母亲的时候母亲正对我笑着，我突然不知道
该说些什么好了，有种想紧紧抱住母亲的冲动，但是我最终并没
有那样做。

"一起去玩一趟，难得这么一次，这么点路费就当是买了两
包烟。"父亲转过身说道，他已经把东西全拾掇好了。

"对啊！"我点了点头。

按照原先说好的，是父亲陪我去学校报名，母亲并不想去，
毕竟省一分钱是一分钱，我很能体会母亲的心思，也许用母亲的
话说就是："你已经是个男子汉了！"

起初母亲听我和父亲这么说的时候并没有答应，后来又变得
犹豫了起来，在我和父亲的坚持下，母亲最终还是跟我们一起坐
上了去另一个镇子路口的早班车。

天渐渐亮了些，该来的车子也如约而来，一路上并没有人多
说什么话。车子里多载了好些人，有点挤，我们就是多出来的那
些人，所以只能坐在过道里临时放置的小塑料板凳上。

父亲坐在最前面，紧紧地抓着我的行李，我坐在最后面，我
们一个紧贴着一个，母亲会晕车，我看着母亲吐了一路，我问母

亲的时候母亲总是摇着头说没事，我也不再问什么了。

到学校的时候，天已经很亮了，有点闷热，父亲陪我去办理了入学的各种手续，然后我们去找母亲。我远远地就在人群中看见她正在一幢教学楼的入口那儿等着我们，箱子包裹也都放在一起。

"去吃饭吧？"我看宿舍的东西收拾得差不多了就说道。

父亲点了点头，母亲正安静地坐在我下铺的床上。

"一起去吧。"父亲拽了母亲一下，母亲也就起身跟我们一起下去了。

食堂里的人很多，全是来自各个地方的陌生面孔，有跟我年纪相仿的，也有跟我父母年纪相仿的。"我吃不下。"母亲说道，她坐在食堂里的椅子上，我和父亲也面对面坐着。

"那喝点水吧。"父亲说道。

"喝不下。"母亲摇了摇头。

我并没有多说什么，只是时不时地抬起头瞥一下母亲，但总会跟母亲的目光相撞，我能感觉得到母亲的气息在这样一个异乡之地听来竟是如此虚弱无力，三个多小时的颠簸对母亲来说该是何等漫长，而母亲并没有多说一句话。

"一个人要注意吃饱穿暖。"母亲在临走时说道，他们要赶来时的那班车，下午三点在东站发车。

我是一步一步陪父母从校内走到了校外，像来时那般，我以一种近乎笨拙的姿态在这个陌生的地方摸索着前行，站台在校外马路的对面，还要向西再走些。

"你回去吧！"父亲从车窗口对我摆了摆手，之前我丢给父母四个硬币用来上车投币。

我没有走，只是很安静地站在那儿，我也在这个时候才突然感觉到这座城市的公交车并没有想象中的那般温情，真的是一种突如其来的感受，我看着车子开远了才转身向来时的方向走去。我确信自己是一个人走在这座陌生的城市里，而分别，竟然真的可以如此匆匆。

父亲说带母亲一起来玩一下，而他们也只是去了我的宿舍，还有食堂，母亲连一口水都不曾喝。我留给他们的，应该是从车窗后面望过去渐渐模糊了的背影，就像那辆车子越来越小的影子那般，想追，却又多了重身不由己。

后来我知道母亲一回家就大哭了一场，有一两个月都有点心不在焉，这是后话，因为那时我已经放寒假回家了。而父亲笑着告诉我说，南京的公交真便宜，两块钱就可以逛大半个南京城了。

我们那儿出去上大学的人并不多，每次回家时总觉得曾经的儿时伙伴都彻底变了模样，不知道是谁改变了，言语间似乎多了份本不该属于我们这个年纪的粗俗，所以我后来便从烟雾缭绕中偷偷溜了出来，身后依然可以听见酒瓶碰撞的声音。他们问我当时为什么突然离开，我推脱说家里有事。我突然感觉自己与他们之间渐渐产生了一道无法逾越的鸿沟。或许这种失落正是源于记忆深处的对比。人总是习惯于在对比中感受，对吧？

后来一个人想想，可叹之余仍有一丝侥幸。大学是一道防御墙，我还不曾真正触碰到风刀霜剑，遂还不曾沦落至此，就像院子里的老树根依旧保存着当年的年轮。

青春总有大把的时间来浪费，许多稀奇古怪的梦想就在这样肆无忌惮的日子里放飞到了蓝蓝的天际，我们在草地上拽着细线的另一端，并不担心下一顿要吃什么。

我看见射进院子里的光线变得柔和了起来，想起了跟小和尚的约定。母亲并不会多问什么，只是嘱咐了一声要早点回来。

小和尚比我预想的来得早，他每次都来得比我早。我朝他那边走过去的时候，他似乎并没有察觉到我把落叶踩得嘎吱嘎吱响，只见他一直安静地盯着水面，想来他确实在小石桥上坐了很久。

"又在圈日历啊？"我坐下去的时候小和尚正在日历上画着红色的圆圈。

"今天是第四天了，我相信它也是有意义的。"小和尚说完就在笔下的日子上圈了一下。

我并没有听懂什么意思，就看见他把那张小小的卡片放进了包里。"第四天？"我没有放弃心中的这个疑惑。

"你和我说话的第四天。"

"啊？"

小和尚开心地笑了起来，像是猜赢了一条谜语，我也似是而非地随之笑出声来。很难得看到小和尚笑得这么爽朗，我也有多久没这样笑过了？

"为什么不找曾经最好的朋友呢？"我问道。

"换作你会这样做吗？"小和尚反问道。

"他们都忙。"

"嗯。"

目的本身就是一个谎言，就好比抛掷一枚硬币，当我们再抛第二次，其实就有点欲盖弥彰、多此一举了，因为我们心底里已经知道自己真正想要的是哪一面了。现实里的很多问题不正是如出一辙吗？我们所谓的倾诉或咨询，只是为了寻求一种心理上的认同，或者强化某种既有的意识，仅此而已。

"你说自己是一朵等待爱的荷，而你也说过爱情经不起等待，为什么呢？"我终于想起了这个被自己惦记着的问题。

"那是两个不同的概念。"

我并没有惊讶什么，因为我知道小和尚一定会自顾自地接着说下去。

"任何人都是一朵等待爱的荷，谁不需要爱与被爱呢？"

小和尚说完转过身看着我，似乎在等我回答，我轻轻点头"嗯"了一声，他便又转过身去。

"相遇并不是一件容易的事，遇到了，就不要怕，就要勇敢一点，年轻不就是应该勇敢吗？"

"对，过了这村，就没这店了。"我没等小和尚转身，赶忙接道。

于千万人中遇见那个能走进自己内心的人，我们会由衷地感叹这份等待是值得的，因为我们相信那个人值得。

世事纷扰，等待或许是感情里最好的一种姿态，这是一个守望者的幸福。

13

"那个女生是谁？"我并不能很好地想象出小和尚与小熊之间为什么会突然多出这么一个人，因为小熊说她自己为这件事哭了出来。

我那天晚上并没有把这件事放在心上，只是小和尚刚提到感情的话题时我才突然想起来。我感觉小熊当时吃醋了，而在一起的两个人发生这种情况是再正常不过的了，毕竟太在乎总会伤到自己或对方。

"那件事怪我。"小和尚望着天空说了句，"很有意思对吧？"

"嗯。"我笑着点了点头，因为我记得小熊说是怪她，而小和尚说是怪自己。

其实我更喜欢小和尚仰望天空时的那种感觉，让我想起自己当年的视线所及处是学校走廊外仅有的一排白杨，也都有了些年岁，那个时节的树木早已褪去了盛夏时的葱郁，只剩下光秃秃的枝干在风中摇曳了。

似乎所有能触动记忆的东西都会让人觉得有了些年岁，这是我后来无意间的一个发现，就像我从小就坐在上面的小石桥那般。

"感情就是这样，许多心情的产生并不是为了对抗，而是为了加深彼此的理解。"小和尚像是在喃喃自语。

"你知道，人总会做一些傻事。"小和尚顿了顿，"在她没讲核桃的故事之前，我并不太懂得什么才是真正在乎一个人。"

"然后呢？"我不知道自己的这种问法是不是显得有点多余，因为小和尚似乎并没有在听我说什么。

"我跟小熊讲了一个笑话，一个并不好笑的笑话。"

小和尚说着的时候突然停了下来，我也是过了好一会儿才反应过来。"什么笑话啊？"我打破空气中的沉默，第一次觉察到今天没有丝毫的风吹过。

"以前的一段故事。"

"啊？"我确实很容易感到惊讶，好在小和尚从不曾在意过我脸上的表情变化，所以我并不像刚开始那般显得有多么局促。

"我那时确实不懂，随口一说。"小和尚耸了耸肩。

"你说什么了啊？"我突然很想知道这个问题的确切答案。

"我说她们两个人的眼神很像，跟阳光反射在湖面上的光芒那般澄澈，然后，她就不理我了。"

"换我也会这么做的，"我似乎明白了小熊当时为什么会在笔记本上那样写了，"那后来呢？"

"后来就像你看到的那样，一切都很好了。"

我努力地回忆了半天，终于点了点头，因为从小熊的笔记里可以确定一点，那就是他们经受住了这样一个小小的考验。

小和尚没有再多说什么，而是从包里拿出一本集子递给我。

"你写的？"我大致翻了一下，是一本文章集，想来小和尚跟我一样，也有写东西的习惯。

"嗯，看第一篇就好了。"小和尚用手指了一下就转过了身。

好诗意的名字——《怀想天空》，我不禁轻轻地读了出来：

今天是你的生日，很奇怪，天空下起了雪。

一个人走在上学的路上，一个人撑着伞，不紧不慢，任一两瓣调皮的雪花落在肩头，优雅而富有诗意，但我知道，它们很快会融化掉。

今年的这场雪来得蛮早，一如既往地悄无声息，落在行者的肩上，化在行者的心里。那些尘封了的岁月，本以为会随风而逝，然而它们总会在不经意的时候，很轻柔地飘进某个夜晚的梦里，纯净地覆盖在心上，泛起一片温暖的涟漪。

三年前的那场雪很念旧，在晚自习的时候，很静很静地从夜空中飘下，静得让人难以察觉。你传了张小纸条过来，说下雪了。我笑了。你很出神地望着窗外，清秀的发丝半掩着眼睛，那一刻，真的很美。你看着窗外的风景，而你，又成了另一个人眼里的风景。

这样的时间最容易偷偷溜走，很快，下晚自习了。你一个人站在走廊上，我想，你在等人。是的，你在等人。我没带伞，你笑着说要送我回宿舍，你说雪沾上身会化成水，很冷的。

这的确是出乎我意料的，但我还是默许了。我原本想说雪中漫步也蛮有情调的，但最终没说，橙黄色的路灯光把影子拉得老长，又很快把它拉回来，变成一个点在脚下。那把淡蓝色的伞还是你撑着的，在灯光下显得很典雅，我说让我帮你撑伞，你很甜地笑着说没事。我在左、你在右，我们就这样在一段也不算太长的路上走着，想说些什么，终又没说。

你转过身来问我数学题，那道题目不难，至少对我来说是这样的。你笑着听我讲完了，拿起笔在纸上写，我以为你是在写解答过程，但不是。纸上的字很漂亮，让我相信了字如其人的说法，你问我："我们是朋友吗？"我说是的。其实我知道，这不是你想要的答案。你说："不是一般的那种吗？"你很认真地看着我，倒把我弄得怪不好意思的。

我笑了，实在找不到什么理由拒绝你，便说了声"是的"，似乎我只能这么说。

以后你经常来问我数学题目，我知道，你不是来问数学题目的，我讲的时候，我看着纸，你看着我。不过我也蛮喜欢你这种骗术的，这让我想起了你看雪的时候，我在看着你。

你总会一本正经地跟我说些"废话"，比如说喜欢什么花。我说栀子花，在夏日的清晨，它总会撒得花香遍地，时不时地会有不知名的棕色小虫在花蕊间来回忙碌着。你很入神地听着，笑了。似乎你的体香也正如此花一般，透着清幽的淡雅。

我知道，你喜欢荷花，因为你跟我说过，不知道是不是家乡荷塘遍野的缘故。

我家也有片荷塘，会在童话般的时节，烂漫地开出满塘的荷花，外面是淡淡的粉红色，里面的花蕊是灿烂的金黄色，随风摇曳着，常有蝴蝶和蜻蜓前来做客。

你撒娇说要一瓣荷花做标本当书签，我笑着答应了，但后来还是忘了，因为我不敢往后想。我知道，荷花谢了的时候，我们也快毕业了。

后来，花儿真的谢了，在悄然间落下，来不及也不能说什么哀怨。每每站在荷塘旁边，总会忆起人面桃花这类长吁短叹之句，再后来只剩下风中的残留的清香了。

今天，你那儿也应该正下着雪吧？细细想来，我已经两年多未见满塘的荷花了。但闭上眼，脑海中依旧是淡淡的粉红色，开出了花儿，一簇一簇地在雪国中绽放，很是孤艳。

其实，想起荷花的时候，会想起一段关于青春的岁月，似一道明媚的忧伤，粉红色的流年就这样消逝如花落。残存的温暖是那一抹挥之不去的笑容，深深浅浅地传递着感动，也不知道为什么，你总喜欢对着我傻笑，我似乎也被你感染了。

你总会在晚自习后陪我关窗户，你知道这是我的值日工作，你总会走到我面前说谁关南面、谁关北面，似乎从不厌烦，我发觉你颐指气使时竟也如此可爱。你总会在我之前把窗户关好，然后站在门口笑着等我，笑得很清纯。

其实你美的地方又何曾只是笑容呢？只是美好的东西总容易逝去，让人明明知道却又不敢承认。

我记得你的抽屉里总会放一两本《最小说》之类的书，我说，那些故事很假的，你说，那些故事很浪漫。你说的时候，总会不自觉得把耳边的头发往后顺一顺。确实，故事都很假，但字里行间的情倒是千真万确的真。

最后真的毕业了，你和我说了许多话，你说遇见并相识真的是一种缘分，可说着说着，你的眼泪就在眼眶里打转了，当时我忍不住抱了你。我不敢哭，我想让你永远记住我青春年少的模样，在多少年之后依旧如初。

后来一个人熄了灯睡觉时，我哭了，那晚做了一个梦，一个男孩与女孩的梦，可梦终会醒。

一个人静下来的时候，总会想一些关于青春的梦。匆忙的青春岁月里，有些人只会出现一次，我不知道该怀有一种

怎样的心情来回眸这段时光，如此真实地上演，如此真实地
谢幕。

　　来日方长，我一定会笑着走下去，因为我记得你曾说
过，最美的笑容可以像阳光驱散乌云一样，给人以在平凡的
生活中继续前进的勇气。

　　今天，我很认真地叠了一只千纸鹤，与你一直珍藏的那
只很像，你说它会飞，能飞得老高老高，这点我深信不疑。
愿它载一串绵长的思绪，祝你生日快乐！如果还有什么念想
的话，我现似乎不可能一下子全部理清，就让这只千纸鹤在
岁月的天空下静静地怀想吧！

　　"这是真的吗？"我看完后把本子合了起来，而小和尚似乎
并没有在意我已经读完了。

　　"你知道什么叫捕风捉影吗？"小和尚从我手中接过本子时
说道。

　　"就是修辞里的夸张，对吧？"

　　"嗯，那天确实下了场久违的雪，小城里的感觉很不一样。"

　　我听小和尚说完就更糊涂了，因为我一直相信每一种心情都
有一段故事。"那个女生也是这么想的吗？"我知道自己的思绪
停留在了那个女生与小熊的纠结中。

"我们只是朋友。"小和尚顿了顿，继续安静地说道，"有时候，人总会一厢情愿。"

"真是个美丽的错误……"我摇头叹息道。

不禁想起自己曾写过的一首小诗，只不过小和尚那一场是冬日里的雪，而我这一场是初春的雨：

杏花雨

年少时听雨

雨是淡红帷幔的颜色

沾满了竹篮里的杏花

卖花的老叟笑着说

是花总会谢的

是雨总会停的

我兀自立于南窗

望着老人家慢慢走进深巷

"杏花嘞，沾雨的杏花嘞……"

我竟忘了买一枝

我似乎慢慢体会到了小和尚字里行间的意思，但内心并没有小和尚那般波澜不惊，因为我说不清这样一种美丽的错误到底该让谁去承受。

"算是吧。"小和尚突然轻轻地叹了一声，"强扭的瓜不甜，我不可能对得起全世界。"

我确信自己已经理清了小和尚所讲故事的来龙去脉，也忍不住笑了起来，也只有在这个时候，我才明白小和尚此前为何将之称为"笑话"了。确实很可笑，笑中带泪。

诚如小和尚所言，那天真的只是因为小城里下了场久违的雪，而那个时节的我们总易多情，看着一瓣灵动的雪花飘落，不禁勾起了最纯洁的思绪，然后在尘世间下了场漫天大雪。

14 NZF

我一直在努力地探索着小和尚跟小熊有关的故事，并没有刻意回避之前的那个女生。尽管我并不知道那段故事的真实性有多大，但用小和尚"捕风捉影"的说法，多少有点影子，至少对于那个女生而言是这样的。

请允许我用"探索"这样一个很专业的词汇，因为我觉得青春里的故事太神圣了，对任何神圣事物的好奇都应称之为探索。我这个人总是这般较真，以致有时会掉入褊狭的窠臼，譬如上次对发呆与思考的区分。

"高三那年，我才知道她喜欢我已经有五年了。"小和尚突然说道。

"写信的？"

"嗯，是小熊的同桌拿给我的。"小和尚点了点头，"你知道，有些事真的很巧合。"

"嗯。"我含糊地应了声，其实并不清楚小和尚想要说什么。但他说的也没错，生活确实充满了巧合。

"我也是在那时才知道，有个男生一直喜欢着小熊，在没上县中的时候就喜欢她了，也差不多五年了。"小和尚说着的时候就笑了起来，"更巧的是，那个男生是我们的同班同学，只是他并不知道我知道这件事。"

"小熊说的吧？"我有点好奇。

"不是。"小和尚顿了顿，"我是毕业后才知道有这么一回事，她同桌说的，就是那个送信给我的——她最好的姐妹。"

我也突然觉得有点好笑，这确实是个天大的巧合。

谁在某个午后的课间碰过谁的发丝，谁在课堂上盯着谁发呆，然后就恋上了那个悄悄弥漫着淡淡思绪的季节，有时候看着窗外的一朵小花都会傻傻地笑上半天。

这样的小秘密就这样藏在了彼此的心底，谁一定知道，谁一定不知道，多么巧妙的心思。

这让我想起了初中毕业那年的同桌，很实在的一个人，而前排的一个女生总喜欢在上课时偷偷地拿一个小镜子往后面照，我也是后来才知道她喜欢上了我那个傻傻的同桌，而他似乎是真傻，压根不知道有这么一回事。

多年后，我们是在一次同学聚会上无意中提起这件事，而彼时我们都早已变了心情和模样，大家都像是在讲一个笑话，一笑而过，踏水无痕。

"许多巧合凑到一起就是缘分。"小和尚轻轻地晃着双腿说道，两只手撑着桥面。当年我坐在小石桥上的时候也喜欢这样。

说心里话，我并不相信有什么巧合，许多时候这只是我们一种强烈的心理暗示而已，因为我们的潜意识里一直在为某个想法努力构思着，而结果似乎只有两种：成或者不成。所以，人世间有一半的事情会让人觉得是巧合，多么顺理成章的一个词。

但我并没有否认小和尚的这种说法，因为我自己也宁愿相信巧合的存在。毕竟，我也找不到更好的词来替换巧合。

不仅仅限于感情，面对同样的一件事，你看到的，别人可能看不到，别人看到的，你可能看不到。所以，很多时候，我们都要怀着一种包容的心态。心大了，世界也就自然而然大了。

"每个人都会抱怨一些自己遭遇的不公，你知道这有多可笑吗？"小和尚似乎想到了什么。

"是吗？"我有点不知所云。

"难道不是吗？"小和尚依然很安静地说道，"所有人都会承认这个事实，在选择这件事上，我们都会不自觉地选择倾向于不公平双方中有利于自己的那一边。"

"你指的是感情？"

"不是。"小和尚顿了顿，"只是突然感慨，一碗水怎么可能端平？公平或不公平，而我们是有能力做出选择的。"

"是的。"我点了点头。

　　我觉得小和尚是个很实在的人，跟我当年的那个同桌一样，说一句是一句。就那么很安静地讲述着属于我们这个年纪的心事，也尝试着去丈量并定义这个世界，而总有一些道理需要我们去慢慢体会。

15 MZK

小和尚喜欢称他的学生时代为小纸条时代，并不是因为别的，而是他和小熊彼此都喜欢把心情写在小纸条上传递给对方。这点我是知道的，因为小熊在笔记里提过。

多么神秘而刺激的一件事，我以前也在课堂上偷偷摸摸干过这样的事，很享受那种夹缝中求生存的感觉，全班都知道，就是老师不知道，无异于打赢了一场没有硝烟的战争。后来有人调侃说直接养一只信鸽得了，也省得一个戳一个了。

"喏，给你。"小和尚在我快回去的时候从包里掏出一沓小纸条。

"小熊写给你的？"

我并没有立刻接过来，因为我不清楚小和尚为什么要这样做，这可是无价之宝啊。小和尚似乎也看出了我的心思，"你不是很想了解我和小熊的事吗？"他淡淡一笑。

我最终还是把小和尚塞给我的东西接了过来。

夹小纸条的夹子已经锈迹斑斑了，想来他一直用的是这个夹子。小纸条被小和尚整理得方方正正，从第一张纸条上印着的锈迹中可以看出已经很久没人碰过它们了。

可以想象得出，小和尚一定非常在意这些小纸条，就像小熊很在意他写的纸条那般，小心翼翼地收藏着属于彼此的心情。小熊手头的那沓子小纸条应该跟小和尚给我的一般厚吧？

我早早地就爬上了床，并没有急着睡觉，心里念想多了，睡意自然少了。母亲嘱咐了一声早点休息就把我的房门掩上了。

今天是第四天了，就像小和尚在日历上画的圆圈那样，内心竟有一种久违了的充实感。

我小心翼翼地把小纸条一张一张地分开，具体有多少张我没数，总之不少。我发现它们都有一个共同点，就是所有叠好的纸条正面都写着"To（致）小和尚"的字样，我忍俊不禁，知道这应该是小熊所写无疑了。那小熊手头的那沓小纸条正面岂不全是"To 小熊"？

我顺手挑了几张小纸条把它们摘抄在自己的笔记本上，因为我确实迷上了他们的故事，似梦里不知身是客：

—

小和尚，我发现你有恋母情结，你和你妈的关系这么亲

密。到底是俗话说得好，儿子和妈妈亲，女儿和爸爸亲，我

密。到底是俗话说得好，儿子和妈妈亲，女儿和爸爸亲，我还是比较喜欢我爸爸。其实，我找到我们能成为这么好的朋友的原因了，因为很多朋友都说我有母性，喜欢小孩子，而你就像可爱天真的小孩子一样（开一点玩笑，嘿嘿）。

今天我看见贴出的分数时，我吃了一惊，我原以为自己的数学只会有九十几分，没想到是一百一十多，这样的分数我是百分之百满意的。所以，要谢谢你的那些资料、你的鼓励、你的建议，还有你的微笑呀！看见你那么稳定的成绩，小女子真是佩服得五体投地，我对你是百分之三百相信，相信你高考一定会辉煌，到时候可别忘了请客哦！千万不要懒怠，不要骄傲哦，我知道你会努力下去的，看好你呢！因为你天生就是奇迹、传奇！Day Day Up Together！（一起天天向上！）

二

小和尚，有你的鼓励，我会更加努力的。可是你知道吗？我不太喜欢这个英语老师，因为她总是布置太多的英语作业，占用了好多复习的时间。有时候我在想，有些作业是没有意义的，可她还让我们做，郁闷！

其实我很想多花点时间在数学上，因为那是我真正薄弱的学科，而每次都没有太多的时间剩下。还有，以前很喜欢

英语，可现在我对英语已经兴趣不大了，刚刚考语文的时候英语老师还跟我说让我今天晚自习去找她，说报纸上的测试题做得不好。烦！不过我会加油的。

三

小和尚，昨天在你桌上看到你写的话，觉得你好可爱，"宇宙无敌超级棒"，好像小孩子说的话，我当时就想到了一种零食——棒棒糖，也许你就是一根奇特的棒棒糖，嘿嘿。

那天下午考英语时，我去的时候就发现你在座位上认真地看书，当时就想，这孩子怎么来这么早？看来真知道用功学习了（其实你一直很用功）。

虽然我这次考得不算太好，但考数学的时候我很淡定，是你教我的，要淡定，要静，面对那么变态的题目，我尽力地去写了，把因粗心所失的分降到了最低，不过还是因为粗心丢掉了七八分。

但幸运的是，我并没有失去信心，虽然这两天比较郁闷，但还是会坚强地走下去，一起加油哦！

四

小和尚，首先谢谢你用心准备的那些东西，没想到你一个大男生也像女生一样心灵手巧。你选的那些画面很唯美，写的小诗也很有味道，还有英语作文很有用的（你总能知道我最需要什么）。

对了，还有那两颗坚硬的核桃，让我想起很多很多，我们的感情也有着像核桃一样坚硬的外壳，剥开它，香满心田。怪不得今天早上你来那么早，我还纳闷呢，原来早有预谋，不过你应该更早一些，你来的时候班上都有好几个人了呢，弄得我挺不好意思的（其实我也是一个含蓄的人，嘿嘿，开玩笑）。

以后尽量不要对我这样好啦，我会觉得亏欠你很多的，反正我们就是很好的那种朋友，彼此都懂！预祝明天考试成功，一起加油！

五

小和尚，还说我说话变甜了，你自己不也是嘛，受不了了，竟然说我清秀，你的审美观可真有问题啊！不过还是觉得很好笑，给我信心也要从实际出发、实事求是啊！无论怎样还是要谢一下啦。（其实我也偷乐了好一会儿，呵呵。）

今天去找霞姐——这样叫还真不习惯——她先让我订正了一下错太多的选择题，又跟我细细地分析了一下错题，最后走的时候还送了我两颗奶糖，弄得我不好意思了，也没敢把情况跟她说。

其实很早以前就听同学说你很明智，做自己认为有价值的题目，现在终于领略到了，佩服啊！走自己的路，随别人怎么看！这句话曾是我初中的座右铭，那时的自己还蛮洒脱的，不过人长大了，心思也多了，还是会很在意别人的看法，但我觉得自己还是很直率的，就像你现在的洒脱一样。

还有，谢谢你的数学资料，在上面乱画没关系的，那是你思考的痕迹，很有价值哦！你也要继续加油哦，因为你就是奇迹，独一无二！Day Day Up Together!

六

小和尚，在你的"命令"下，我可是很认真地做完这份试卷了，如果错太多，不允许笑我，我会不开心的呢。不过还是要请你帮我好好改一下。（反正是免费的，嘿嘿。）

写了这么多纸条，到现在才说我的字好看（我自认为也不错），我姐说你的字很帅气，其实我也觉得蛮不错的！很喜欢《你让我展翅高飞》这篇译文："我渴望有人聆听，是你转身来听我诉说；我自觉能力欠缺，是你给我机会证明自己。"

对了，"I Believe You"是"相信某人的话"，我觉得你应该写"I Believe in You"，那才叫"我信任你"（咬文嚼字了，呵呵）。

不过，我还是要对你说：I Believe in You，因为你就是奇迹！

七

小和尚，写完最后一道题目的时候我真的想吐，天哪，崩溃了！再加上考完试心情烦躁，我发现自己有个坏毛病，就是考完试之后不想写作业，就想干一些自己喜欢的事情，看到作业心里堵得慌。

不过这种状态也就两三天，我会好好调整过来的，看来这次真的是"英雄救小熊"了，你得好好教我！今天在你桌上看见你贴的东西了，觉得你好像有什么心事，也许是我瞎想啦，不过我们都要坚持，都要加油哦！Together！（一起！）

八

小和尚，知道吗？虽然这是迟到的生日礼物，但我很喜欢，因为平时就喜欢摘录一些经典的美丽的语句。我也喜欢收集物品，无论是一张小纸条，还是一张面巾纸的包装袋，我知道那里充满着很多很多美好的回忆！

谢谢你在我记忆的天空中添上许多的阳光、美好，真心地祝福我们永远快乐下去！嗯！

九

小和尚，想跟你解释一件事，那次你说我是灵石的时候，下面有一段话，你问我是不是似曾相识。其实当时我脑子里一片空白，绞尽脑汁都没想出来在哪儿见过，觉得好对不起你，后来就回宿舍翻出你送的文章，天啊，竟然还没发现，我真的太自责了。

不过今天"照你的吩咐"看那些题目时把夹在一起的那篇《一米远的天堂》也看了一遍，就这样翻到了后面的那些读者评论的文章，"仙人掌"三个字映入我眼帘，突然想起了什么，赶紧看了那篇《礼物》，就这样"似曾相识"了。

现在想想，其实当时你把那些文字送给我的时候我还郁闷呢，为什么要把最后的读者评论送给我？原来那里面蕴含了你某些含蓄的情感。（早有预谋啊。）你每一次送的东西都有深意，只是我比较迟钝，现在想说，对不起哦！

不过想怀着感恩的心，对你说：你就是上天赐给我的最好的礼物！Together!

十

小和尚同学：

作为熊无话不谈的最好的姐妹，我应该也可以算作你的间接的朋友吧？呵呵。之前熊内心很纠结的时候我就想写张纸条质问你了，我还一度用你论证了"天下乌鸦一般黑"的论断，不过现在用不着了，一切都很好了，我很看好你们呢！也很为熊感到高兴，我相信你会让她快乐的，对吧？请回答"是的"。你可不能再惹她哭喽，不然我也不饶你的，我可是练过跆拳道的呢。

当然，我也不用担心你们的学习，因为我相信你俩都会化情感为动力的。有些相逢是命里注定的，爱情像狼，你们是羊，这是一种美妙的遭遇，希望你能珍惜，好好地去把握。

以前一直以为你很木讷，后来听你讲《滕王阁序》的时候觉得你好有才，有的人说你狂，我觉得你狂得有理由，你有自己的想法。经考查，鉴定你为有文化、有理想、有情操、有品德的"四有"男生，所以我决定把我家的熊交给你了，呵呵。

如果有什么事我可以帮忙的话尽管说，只要是对熊好的事。熊说过我是她最信任的人，不过现在我不得不承认，这份信任从今以后我要跟你分享了。还有个题外话，我发现你跟我爸有不少相似之处，比如性格很自信豁达啦，把自己当成偶像啦，喜欢校园歌曲啦，等等，看来我爸心态还挺年轻的呢。

距离高考还有不到两个月，我和熊一样，相信你一定会成功的，也预祝你和熊都能心想事成！

另：熊不知道我写纸条给你，你不需要告诉她，大概能了解我的来意即可，不用回复了，用心对待就好！

熊友：点点

十　一

小和尚，喇叭花会带着你美丽的愿望长大，开出小喇叭花，召唤着幸福与快乐。只要我们努力坚持，梦想终会有花开的那一天，那时你就真的可以看春暖花开、听细水流长了。

回家的时候，坐在车上的我特地留意窗外的风景，看见了零星的迎春花，绚烂的桃花，也看见了黄灿灿的油菜花，那是一种怎样纯粹的颜色呢？它们在风中摇曳着，就像一个个充满着理想的生命在追求，追求生活，追求着简单的快乐。

你知道吗？过年下雪的时候，雪停了，我看见那纯净的白色，心里莫名地涌动着感动，所以我在雪地上写下了愿望：小熊，小和尚，加油，高考我们一定会成功！虽然那几个字已经随雪融化了，但那会被雪天使看到，我的真诚也会被感受到。

有时我觉得自己很天真，但那是发自内心的期待，所以，我们一定要加油，一定要努力，无论多苦多累，只要浅浅地微笑，就会给足信心，挺过去了，就真的成长了。等到回忆这些奋斗的经历时，心里一定会充满感动，是吧？Day Day Up Together!

十　二

小和尚，其实日历你可以自己找一张的，上次发的那个小本子上不是有的嘛，不过既然你要求了，我就"勉为其难"为你找了一张，自己贴上去哦，嘿嘿。

记住过一天划掉一天，因为这样你就能感到时间真的很紧迫了。

其实我也想过，那枚戒指不是那女生送的。你说的话我怎么能不信呢？哼！枉我这么信任你，竟然骗了我，不过看在你"老实交代"的分上，原谅你了（我心很软的呢）。

时间紧迫，字迹有点潦草，不准笑哦，记得放假回来帮我把同学录写一下，不准太直接，含蓄点，听见没？

十　　三

小和尚，你知道吗？看到你的信，也可以说是你真挚的心里话，我有种想哭的冲动，不知道为什么，就觉得你很理解我，能走进我的内心世界。

你讲述的关于槐树花的故事让我动容，也勾起了我童年里许多心酸却又美好的回忆，谢谢你！发现你真的很细心，也很善良，好高兴，找到了一位值得用一生去珍惜的知己！

其实我俩还挺有缘的，我们都在七班，你的学号是37号，你喜欢把信放在37页那儿，而我正好是在三月七号出生的，很巧对吧？我很相信缘分的呢，我们都要好好的，因为经历相似，所以更能走进彼此的内心。你写的一切鼓励的话我都会好好地记在心里，让那些令人感动的言语激励着我前进，你会是我真正值得用一生去记住的第二个男生（第一个是我爸，呵呵），真的，你真的深深感动了我。

其实初七那天是我二十岁的生日，本想请你到我家玩的，还好最后有几个好姐妹陪着我。当时真的蛮伤心的，但又不好意思说，我想，如果我告诉你实际情况，你会给我面子的吧？等你考上了名牌大学，可一定要请我吃饭哦，狠狠宰你一顿，呵呵。

无论怎样，相遇是缘，相知是美，希望我们能一直快乐地走下去。加油！要记住，我会一直默默支持你，给你信心，给你力量！你就是奇迹！

十　四

小和尚，今天看到成绩的时候，很伤心，很愧疚，虽然你一再强调让我不要在意，可我还是觉得是我让你分了心。前段时间，你真的帮了我很多很多，有时候我也会想，那些你精心准备的资料要花费你多少宝贵的时间。

其实我也知道，为自己喜欢的人准备一些东西是一件很快乐幸福的事，可我真的不想让你后悔遗憾。你知道吗？你太多的付出让我对你有了依赖，觉得自己离不开你了，曾经以为一个人也可以很幸福（其实我骨子里也喜欢寂寞，那种浅浅的孤单），只是当你无私地为我付出太多太多时，你自己也会分心，是吧？

今天看你送的那本《疯狂阅读》时，心里充满了感动，以至于想哭。我体会得到你的真心，从来没有怀疑过，有些事你不用说，我都能懂。

不过这次没考好也是一件好事，是该杀杀自己的锐气了，一直就认为你很狂傲（褒义的），让我很欣赏，不过有时候静下心来去学习也很重要。忘了告诉你，我很喜欢看你埋头认真写作业的样子，那种样子使我动容。

不要害怕结果，是你让我有了勇气，现在就让小熊也给你力量和信心吧！相信我，在我心里，你一直是最棒的，宇宙无敌超级棒，好孩子不说假话，看到你失落的样子我会心疼的（天呐，写出这两个字的时候连我自己都不敢相信，有点直接了，不过是实话）。所以啦，玉树临风、潇洒聪明的你还是要微笑哦，很喜欢看你笑呢，傻傻的可爱。

一句话，接下来的28天里，我们要一起冲刺，拼了命地去学习（不要累垮身体就好，呵呵）。我相信，给了彼此信心的我们就有了两倍的信心，能量十足，勇敢向高考冲去，我们会成功的！因为相信，因为付出了努力，因为有信念，因为有承诺，因为我们共同的理想。

其实你写"转页"的时候我总在心里骂你小笨蛋，谁不知道要翻过来看啊？可自己写的时候，发现那代表快乐，反面是我写给我们的简单的话，算不上诗歌，只是一种心情。

没有语言

交流的日子里

我们相信

彼此的心意

只因曾许下的那个

简单的愿望

所以

我们正等待着

奇迹的发生

而我

一直在你身边

从未走远

其实写这些的时候真的是心惊胆战，因为我是在上晚自习的时候写的（不要骂我哦），老仲一直在后面晃悠找同学谈话。

对了，今天是母亲节哦，记得放学回去跟你妈妈说一声节日快乐！

十　五

　　小和尚，天啊，我竟然忘了明天就是儿童节，这样的节日似乎已经远离了我，上个星期五早上起床的时候，看见楼下有个估计一岁的小孩子在她奶奶的陪伴下不断地抛飞吻，我就向她微笑，也向她抛飞吻，那小孩可爱极了，一直在抛飞吻。

　　还是小孩子可爱啊！长大了，心思就多了，也没那么单纯了，不过长大也有长大的好处，呵呵。

　　对了，上次我的优点都被你发现了，以后你就只能忍受我的缺点了，哈哈。昨天我爸来了，从上海直接到这儿，准备接送我考试，我把他劝走了，估计过两天就又要走了吧。他在这儿，我感觉自己会有压力，他来看我的时候还说"不要紧张"之类的话，给我买了些吃的，反正昨天特高兴。

　　高中三年住宿，我爸最多来过五次，不过我也习惯了，一个人也可以很好的。要加油哦，记得为小纸条找个安身之处，高考时不会还放抽屉里吧？Together！

十　六

　　小和尚，昨天星期日和宿舍的同学一起去逛书店，无意中在一本书上看到了一篇关于"朋友"的文章，或许应该称之为一首诗，看了很喜欢，就把它摘抄了下来，也想让你读到这些文字，希望你能懂。

朋友是／接受原本的你／相信你这个人／打电话给你就是想说声"嗨"／从不放弃对你的信心／预期你总是尽全力／原谅你的过错／无条件地给予／帮助你／静静地在你身旁／靠近你的心／支持你／扶你一把／使你无所畏惧／鼓舞你的心灵／跟别人诉说你的那一面／当需要时会告诉你实情／懂你／看重你／与你同行／解你的困惑／在你听不下去时／会大吼你一声／把你拉回现实。

十 七

小和尚，收到这样一本有纪念意义的书，我真的很欣喜，还有小小的幸福感。我想，这本书是你送给自己的生日礼物，现在，它属于我了。我会好好珍惜它，让它陪我走过人生的风风雨雨，我相信，有了它，我不会再害怕，谢谢！

知道吗？今天回家的时候，我坐在汽车里，拿着这本书向窗外看，任思绪飘飞，也不知怎的，下意识地翻到了第37页，我感觉会有东西。（真佩服自己，神啊。）果然，那里有你的笔迹，"喜欢是淡淡的爱，爱是深深的喜欢"，多么熟悉的话语，我曾经很喜欢这句话，觉得很有韵味。那篇恰好在37页的《淡淡喜欢淡淡愁》我看过了，觉得很巧，成长真的是个奇特的东西，慢慢长大的我们会逐渐了解生活的真谛，就像书里所说的那般，然后"花落满怀，暗香盈袖，淡淡喜欢淡淡愁"。

也很喜欢里面的一句话："每走完一段路，都可以不后悔，我们要坚强，我们会笑。"说句实话，我发现你还蛮细心的，以前我认为你憨憨的，很可爱，现在懂了，其实你的内心世界还挺丰富的，呵呵。

但不管怎样，我们一定要记得现在最重要的事情是什么，就像《一米远的天堂》里说的那样：高考是经不得半点不小心的。所以我们一定会一起努力的，对吗？

突然想起了林语堂的一句话："看到秋天的云彩，原来生命别太拥挤，得空点。"我想说，单薄的青春里，我不曾变得如此空白，无论如何，遇见你，相识，相知，你就是我的知音了，今生不会忘记！一起加油吧！

十　八

你个猪头，不会吧，我刚刚读书的时候还不停地流鼻涕呢，放假两天我也感冒了，我猜可能是乡下比县城冷一点吧。反正这几天温差有点大，忽冷忽热的，记得多穿件衣服，体育课时你们男生总爱脱外套，这样很容易感冒的。

没关系，我一个弱女子（呵呵）都不怕感冒，你一个大男子汉怕什么？不过你感冒好像比我严重一点，快吃药，多睡觉，出一点汗应该就没事了。加油啊，我们一起抗感冒！

十　九

小和尚，我曾笑着跟点点说，将来哪个男生先叫我小熊，我就嫁给他。后来遇见你的时候，我便相信了缘分，因为我喜欢的男生叫我小熊，那样亲切，仿佛我是一个小孩子，他便是我的依靠。

喜欢你那篇文章的开头两段，夹杂着回忆，又有着淡淡感伤，喜欢你文字里透露出的味道，让我明白，应该珍惜，因为一旦错过了，就真的不可能再相遇。

其实很想跟你说，想跟你在一起，从来没有过的冲动，就想陪着你慢慢老去。那一次写那封让我哭的信时，我才知道，当眼泪真的流下来时，我已在不知不觉中深深地喜欢上你了，并且我告诉自己，我不能失去你，虽然我不敢说这是爱。我宁愿用深深的喜欢，就像你说的那样，来定义我对你的感情。

那天在一本同学录上看见一句话：曾经给一个女生写过一封不算情书的情书。我不知道那个女生是不是我，但我想应该是吧，你对我的喜欢从你送我那本《时文选粹》时我就发现了，只不过，我装作不知道，可心里却很欢喜。

真的，点点昨晚还跟我说希望我俩以后能一直在一起，我只是笑着对她说："我配不上他，他太优秀了。"跟我姐讲我们事情的时候，她只是告诉我现在好好学习，将来考上同一所大学，因为很多异地恋都以失败而告终。当时我就想，我跟你肯定不可能在同一所大学的，因为你至少应该会考进那种我想都不曾想过的学校——不要说我，我很现实的——但我又安慰自己，告诉自己你不会放手，不会离我而去。

可是现实、未来，所有的一切都无法预料，所以我不敢轻易许下诺言，因为许下的诺言就是欠下的债，但是今天我想许下一个诺言，大一大二除了你，我不会跟其他男生谈恋爱的，相信我！昨天老仲讲那段话的时候，我心里除了对高考的小小担心，更多的是想到我们快要毕业分离了，快要离开七班，离开我爱的和爱我的人，突然很伤感。但至少就算我们无法见面，也要保持联系，你不准消失让我找不到，不然宰了你，嘿嘿。

佩服你的勇气，也请你不要笑我的直接抒情，有些话想放在心里以后再告诉你，你偏逼着我说出来，真是的。其实有时候，我觉得女孩子要含蓄一点，不过我想告诉你，你在我心里已经不止一席之地，而是几席之地了。

曾经看过一句话：最浪漫的情话不是"我爱你"，而是"在一起"。所以每次看见你写Day Day Up Together，尤其是后来简化为Together的时候都特别高兴，我想我们会在一起，就算不是，也要相信"我一直在你身旁，从未走远。"

即使时间在流逝的过程中真的冲走了一切，但封存记忆的箱子里会有那些温暖的纸条、那个微笑的面孔，和那些永远冲不走的温情。

我会好好的，就算不能时刻陪在身边，因为你告诉我要好好的。

另：你个小笨蛋，那薄点的积累本上的病句和成语都是我初中记的，只有文言文是高中记的，谁让你看病句的，那些太简单了。还有感谢你，把我的积累本装饰成这个样子，以后只能是我自己看了，呵呵。

这应该算是情书了吧？免得以后再说"曾收到过一封不算情书的情书"，看完后不准胡思乱想哦，好好听课，好好复习！一起加油，Together!

我确信自己看完最后一张小纸条的时候夜已经很深了，把笔记本连同杂乱的思绪收拾了一下便熄灯睡了。

我躺着的时候一直在想一件事情，就是一个人最幸福的事莫过于能与另一个人分享自己的心情，可能就像小和尚所说的那般，我们更多的时候只是为了寻求一种心理上的认同。但这种寻求是必要的，因为我们从来都不是一颗孤独的星球，总有那么一个人会在不经意间走进自己的内心，可能只需要一个蓦然回首而已。

　　我能感受得到小和尚和小熊之间发生了很多，走过欢喜，走过悲伤，曾经谁在无意中伤害了谁，然后谁又主动安慰了谁，在现在看来已经不那么重要了。世间事从来没有十全十美，只能尽善尽美。

　　我并没有按小和尚给我的顺序去翻看那些小纸条，尽管每张纸条的后面都有小熊写下的日期，还有"小熊"的字样，以及属于他们彼此的笑脸，这些在我随手摘抄的时候统统略去了。我知道这些日期对我来说并没有多少意义，只要小和尚在意就好了，因为这是属于他们的故事，他喜欢称之为小纸条时代里的故事，很真实，真实得像一个梦。

16

我很好奇点点的小纸条为什么会出现在里面，多么惹人眼目，想来幸福是可以感染的，那些甜蜜的心思并不仅仅在小和尚与小熊的内心荡漾，早已真实地感动了另一个人的生活。

当局者迷，也许站在另一个角度更能看清同一件事，就像点点所说的那般："有些相逢是命里注定的，爱情像狼，你们是羊，这是一种美妙的遭遇。"

他俩是幸运的，我不止一次这样觉得了，好单纯，在那样云淡风轻的日子里，秉持着同样的信念，为着同样的理想，任前路漫漫，依然永怀希望。

如果我当时也在场的话，我想，我一定也会像点点那般毫不犹豫地送上自己的祝福。意外常有，而巧合并不是经常有的，我相信如此多的数字37绝非毫无意义，它代表了一种美丽的缘分、一种暖暖的幸福，像掌心的温度。

闭上眼：一个白衣翩翩少年，踱步郊外，偶然间拨动了一位江南女子的心弦，或者是这位女子先拨动了少年的心弦，这已经不重要了。感情里总有人先走第一步，对面那个人走九十九步。这种邂逅不早不晚，都道声"好巧"，然后两个人肩并肩坐在湖畔的草地上，风儿轻轻地拂起了少年的衣袂，也撩起了女子的发丝，它在偷听他俩的悄悄话，带着羞羞的笑意跌落湖面，荡漾起阵阵涟漪……

想着想着便忍俊不禁，只是没有笑出声，因为母亲他们应该都已经睡着了，屋子里很安静。

人总会想很多如果的事，如果这样就好了，如果那样就好了。母亲便是典型的这样一个人。

我回家的时候总喜欢跟母亲一起收拾东西，然后听母亲扯些流年里的旧事，大多是我早已熟悉了的，但母亲依然乐此不疲，我也是听得津津有味，多少年来一直如此。

"孩子说大就大了！"母亲一直这样摇头感叹着。

我并不清楚母亲这些年为什么总喜欢发出这样的感慨，可能是因为我在外求学吧，一年也就寒暑假回去一趟，距离远了，回忆便浓了。

一个人在外面不可能一帆风顺，每每低落的时候，心底里那种思乡思亲的念头就会来得很强烈，可能母亲对我的想念比起我的还要更多一重岁月的厚重，但在电话里却永远都化为简单的"吃饱穿暖"这样一句话。

　　记得很小的时候我就喜欢跟在母亲的屁股后面，不管是在厨房还是田头，我都不厌其烦地跟着。这或许就是小熊对小和尚说的所谓的恋母情结吧，我跟母亲确实亲得很。

　　"如果你会走路就好了！"这是我从母亲那儿听到的第一句关于我的假设，后来我从时间那儿学会了走路，也渐渐地学会了奔跑，把田野的路远远地甩在身后，在日落时分追逐着踩自己的影子是我经常做的一件傻事。

　　"如果你上学就好了！"母亲可能觉得我缠在她屁股后面让人有点腻烦了，所以总盼着把我丢进教室。那时能够背着书包走进学校在我看来是多么新鲜的一件事，以至于我在棉花田里跳起来欢呼，母亲问我能不能学好，我说一定比别人学得好。五岁那年我穿着开裆裤、背着母亲亲手缝制的灰白色布包就屁颠屁颠地走进了学校，打闹起哄是家常便饭，保证书写了一沓子，但我的成绩一直很好。

　　"如果你不要人操心就好了！"我已经不能确切地记得母亲说这句话是哪年的事情了，因为我上学的时候的确让家里人操了不少心，跟同学闹过不少次，也顶撞老师，生活中也很随意，泥地里打滚是常有的事，衣服可以不洗然后反过来照常大摇大摆地穿到学校。当然了，这些都是小学里才有的事情，因为我从初中开始都是住宿的，青春里的懵懂也让我检点了不少。

　　我后来考进了县城最好的一所中学，课业很繁重，但不得不说，那是一个激情燃烧的人生阶段，目标如此明确，信仰如此坚定，奔跑的脚步一直不曾停歇。累，但快乐着，是我们那段岁月的真实写照。后来跟小和尚一样，在高三那年与人发生了一些感情上的交集，很美，很深刻，一种纯粹而简单的幸福。

母亲在高考后没少为这事调侃过我，但生活毕竟是要继续下去的，尽管我最后的结果让很多曾对我满怀希望的人有点失望，包括我自己。许多时候我都会有这样的感慨，尽管当时那些对我充满希望的人嘴上不说什么，但这种希望本身早已在不言而喻中给了我一种无形的压力。我到底是为了谁而活？我到底是为什么而活？为何总是这般被动与不堪？

"要是你成家立业就好了！"这是母亲这几年一直挂在嘴边的一句话，"孩子说大就大了！"

我听母亲这样说的时候总会情不自禁地笑出来，"这么怕我没人要啊？"我嘟囔了一句，"工作、房子一样还没着落呢。"

"船到桥头自然直！"母亲显得很是坦然，"大不了旅行结婚。"

我是彻底服了母亲，因为我对旅行结婚这个概念压根还不甚清楚，而母亲俨然成了我小半生的总策划，想到这些，我突然觉得很有意思。

"功到自然成！"我知道母亲接下来一定会用这句话来解释"船到桥头自然直"，所以我抢先把它说了，母亲抬起头瞅了我一眼，会心一笑。

人生的幸福无非如此：有这么一个想象的如果，然后如愿，一切完美！

细细想来，小和尚与小熊的故事里有多少个如果？未免太多了吧。

想起自己在异乡的某个晚上，写过一首小诗，跟母亲挂在嘴边的"如果"倒很契合：

　　你若许愿

　　你若许愿

　　那一定天地可鉴

　　哪一天，哪一年

　　秦时的明月缺了又圆

　　驿寄的梅花滴满思念

　　古道的西风吹着瘦马

　　小桥流水不见了人家

　　你终把青丝跑成白发

　　跑成我眼里一闪一闪的泪花

我始终坚信，每个人都是一块未经雕琢的玉石，内心都会有一头叫作信念的小野兽。它一旦被唤醒的话，你会惊奇地发现，相信的力量竟是如此强大而充满魅力。所谓境随心转大抵是这么个意思，而我们也会在这种力量的牵引下愈加勇敢地向前走去。

至少小和尚与小熊就是这般，我能猜得到小熊在遇见小和尚之前的成绩并不是太让人满意，而最后谁影响了谁，小和尚的沉默已经告诉了我答案，而小熊也不曾说出来，只是用文字把自己的心情溢满笔尖。

很喜欢这种被文字渲染了的日子，徘徊在城市与乡村之间，徘徊在理想与现实之间，曾不止一次觉得心田干涸。正是那些曾朝夕相伴的文字，那些灵动的组合，像一盏灯，温存了多少个寂寞的黑夜，精神由此得以感到慰藉，灵魂由此不至于空虚。

就像小熊在纸条里所写的那样，生命得空点，我猜得到小和尚一定是记住了这句话，不然他不会显得如此安静。也突然间觉得小和尚的精神世界竟是如此深邃空灵，仿佛置身于深谷，喊一声，能听得到自己的回声。要知道，空谷里定有幽兰。

我并不会去评判一句话的对错，只是喜欢与不喜欢的问题，就像我说不喜欢，并不代表我有多么讨厌，因为我相信一个人内心的位置就那么多，总有一些人或事不能久留，所以我不会用心地去讨厌或是憎恨什么，因为那是对感情的一种浪费。而一个不争的事实就是，你用心地去讨厌或是憎恨什么，终有一天，你十有八九也会变成当初你讨厌的模样，马尔克斯的《百年孤独》里好像有类似的表述。

　　小熊说小和尚在她心中已经占了几席之地，这真是个奇妙的说辞，因为有些话真的只有特定的时候、特定的人能说出来。

　　突然有种写点什么的冲动，因为我知道自己睡不着，而如果不即兴写点什么的话，似乎是对灵感的一种莫大亵渎，这是我很多年前的一种看法，至今仍是。所以，我还是决定从被窝里伸手把小台灯扭开，笔记本和笔就安静地放在枕边。

　　　　我一直祈盼着自己变成一根芦苇

　　　　站在有风吹过水面的黄昏

　　　　守着相思的孤独

　　　　不悲不喜

　　　　任思绪摇曳到落日的天边

　　　　这是一根芦苇的奢求

　　　　而我的愿望竟是多么可笑

　　　　只是希望你回眸时

　　　　能看见我苍白又绚烂的心情

　　　　然后一起沉默

　　草草地写了这么几行，就在五首五行情诗的后面，我原来那么久没有写点什么了，写完又前前后后看了好几遍。"哦，原来我当时会有这些心情！"多年后我应该会这么想吧。

　　缘由没有头尾，很多事也说不清缘由，譬如我刚写在笔记本上的这几行文字，想写的时候就写了出来，而此前，世上可不曾有过这般的文字组合。这是一种短暂而奇妙的体验，姑且称之为诗吧，名之为《芦苇的心情》。

　　小心翼翼地把笔记本合好放在了枕边，熄灯，睡觉，做梦。

17 NFZF

我觉得自己在这样的季节变成了一个敏感的孩子，很容易被小小的心绪牵动着，然后沉醉其间。像一阵拂面的风，我拼命地追啊，唯恐走丢了一个季节。

我一直记得小和尚昨天离去时的身影，就那么毅然决然地留在身后的大地上，而小和尚似乎从不曾注意过自己的影子。就像长大的路上，我们会从口袋里丢掉好多曾经视为珍宝的东西，却不屑一顾。

在时间面前，我们都会感受到一种厚重感，就像小和尚喜欢的家园落日，安静、厚重而磅礴。我们也只有在这个时候才会顿悟自己的轻微与渺小，然后不自觉地回想起很多平日里被我们所忽视的东西。

这种想法让我忆起了在外面上学时的一个镜头，关于一个老人，我并不认识，但始终忘不了，只不过时间并不是在傍晚，而且那时我的生活中还不曾出现小和尚这么个人。

　　我可以猜得到，那天也是小和尚日历中的一个日子。风柔和地吹了会儿，正躺在枝丫上晃悠，绝对是一个好天气，天空湛蓝，东方是一片刺眼的金黄，透过薄薄的雾气，校园里的一切都来得如此朝气蓬勃，我知道这种晨曦在城市里并不多见。

　　像往常一样走在去教室的路上，手里拿着刚从食堂买来的早餐，这个时候的我们没必要像中学时代那般起早贪黑忙个不歇。一路仍有不少赶去占位的学生，但基本以女生为主，男生能逢课必上已经算很优秀的了。我至今没搞明白，坐在教室后排跟坐在教室前排听课有什么区别，除了黑板上字小一点、老师的音量低一点。

　　我确实放慢了脚步，因为我注意到了路旁的一个人，多么显眼。确而言之，我看见的是一位老太太，老人家一个人很安静地坐在一条石凳上，脚下的草地沾满了露珠。

　　我以为她在等什么人，但立刻就否定了这种想法，因为她手里紧紧拽着的蛇皮袋让我想起了大多数人不愿启齿的工作。这种袋子在乡村很常见，而袋子里所装的东西更印证了我刚刚的想法，老人家确实在捡垃圾。

　　她挂着一根跟她年纪相仿的木棍，奇形怪状，不知是从哪棵老树上掉下来的。老人家头发稀疏，眼眶凹陷成了不规则的椭圆，满脸的皱纹让人不忍心多看一眼。

　　这就是我所看到的一幕，想说什么，却欲言又止，只感觉内心深处震颤不已。

老人家似乎意识到有人走近了，缓缓地抬起了头，浸满岁月的目光就这样凝视着我，似乎轻而易举地把我看透。那是一种怎样的目光相遇啊！我想极力回避，平日里引以为豪的东西在此刻竟显得如此软弱无力，连转身的勇气都没有。那种力量，与家园落日无异。

我并没有过多地驻足，而是在老人家的目光中走远了。她一直在看我吗？我不敢回头，因为我不知道除了一种莫名的悲悯之外还能给予她什么，可能她也不需要什么。

突然间幻想，仿佛自己也到了那般桑榆暮景之年，一个人坐在家乡的田垄上，夕阳染红了半边天，抽着快熄灭的烟，烟灰早被风儿吹到了另一个地方，像炊烟淡于天际。那些曾朝夕相伴把自己养大的亲人早已渐行渐远，在记忆里慢慢淡去了身影，发黄的老旧照片也很久没擦拭了，上一个梅雨季节到来之时让它变模糊了吧？

我会忍不住地回忆起流年里的旧事，就像捡垃圾，我觉得这并不是什么很丢人的事。我相信，小和尚也一定会这么觉得。

记得有那么一次，是从教室回宿舍。校园里的路不长，我喜欢一个人走，所以早早地抽身撤了出来，踩着这个时节金黄而脆脆的落叶，迎面是醉人的夕阳。

我的视线总会为一些很特别的人或事所吸引，就像我快要走到宿舍楼的时候，突然发现栅栏的外面正有一个老者——男的，没有此前那位老人家老。他正用一根竹竿很吃力地够着铁栏杆里面的一个塑料瓶，不知是谁随手丢弃到楼下的，我在心里这样想着。

"等我一下！"我在跟这个人擦肩而过的时候停了一下，旋即跑进了宿舍楼，我瞥见了这位老者眼神里的诧异。

我住在北楼，而这个塑料瓶正躺在南楼前面的一块空草地上，外人是不能随便进出宿舍楼的，所以这位老者只能在栅栏外面为了生活努力着。

"谢谢你，小伙子！"当我跑到南楼前面的那块空地上把塑料瓶捡起来递给他时，他似乎很动容，用很地道的方言这样对我说了句。

这个塑料瓶到底能值多少钱呢？很微薄。而我也只是用了弯腰这样一个动作，在一种尊严面前尽了自己的微薄之力。

看着这位老者颤巍巍地走远，我也在旁人的诧异中转身离去，内心却止不住地欣喜。

这是多么熟悉的一幕啊！九岁那年，也可能是八岁那年，日子已经记得不那么真切了，但那时的我一定没有超过十岁，因为我随小姑姑去镇上的初中时还没有骑车，而我是在十岁生日时才有了一辆真正属于自己的自行车，那是奶奶送给我的生日礼物。

小姑姑在隔壁镇上的一所小学教书，那次回来是去学校参观交流，或者是拜访师友，个中缘由我也记不大真切了，反正我是被小姑姑一起叫去了。我那时还在村里一所小学上学，镇上的生活对我而言是多么充满诱惑力，感觉那里的一切都很新鲜。

我陪小姑姑走到食堂的时候突然停了下来，因为我看见了一个被人丢弃的塑料瓶，就那么安静地躺在阳光下，无人问津。

我挣开小姑姑的手，冲了过去。

"你做什么？"小姑姑站在身后喊道。

"带回去，卖钱！"我抓起瓶子跳着挥手。小姑姑大笑不止。

我曾以为这些往事都消散如云烟，而事实是，我竟在一次巧妙的触动下想起了这么多如烟往事。

我还是笑了出来，因为我知道自己竟还像当初那般极容易受感动，有着一颗温暖的心脏，而我的祈盼也从不曾变过，就是希望每一个人都能够放慢脚步，哪怕只留下一种仁慈的目光，毕竟每个人都处在一张网中。

网？多么贴切的比方。这是我第一次遇见小和尚时体会到的，记得小和尚当时把所有的小石子都扔进了河里。

所以我会诚心地感谢身边的每一场相遇，莫待物是人非事事休，徒留欲语泪先流。

人性，总归本善。

18

我突然想起了妹妹，一位同样曼妙的江南女子。

逝者如斯夫，转瞬又是一年夏天。

记得史书典籍里的春天，蝴蝶翻飞，相思遍野，多少折柳人未留；秋天黄叶萧瑟，落日苍茫，偶有新词破长空；到了冬天，寒梅独秀，青松傲雪，围炉煮酒待归人。那夏天呢？富贵人家纳凉避暑，寒门百姓刈麦行馌，骚客之声不敌蝉鸣。呵，好一个泾渭分明、波澜不惊的夏天。

后来，夏天慢慢不一样了，似融了春秋与冬，有了迎来送往，有了顾盼得失，像一座围城，更像一场战争，谁也说不清是在围城外还是围城里，也没人知晓战争是刚刚打响还是即将结束。

她单枪匹马，跋山涉水，来到了这个夏天，也来到了这处关隘。守城的人告诉她，说曾经也有一个少年单枪匹马，用了十年时间不远万里来到这里，说是要去远方。远方？少年也说不清远方到底在哪，他只知道自己从太阳升起的地方而来，要去往太阳落山的地方，每每星辰璀璨，星夜兼程的少年也总会勒马仰望。

"多么年轻而勇敢的一个少年……"守城的人喃喃自语。

"如何才能放行？"她攥紧了手中的剑，冷冷地问。

守城的人仰天大笑，他说门本来就是用来进出的，只不过有的门能进能出，而有的门只出不进，他守的这扇门便是后者。守城的人没有说谎，他独自一人守了这扇城门几十年，朝朝暮暮，暮暮朝朝，无一例外。

"一个人从这方天地来，要到那方天地去，这是好事。"守城的人说。

大漠里没有一丝硝烟，她下马牵缰，缓慢而谨慎地走过城门，回眸时似乎并没有发现城门内外有何不同。守城的人也转过身望着她，他习惯了望着每一位过客渐行渐近、渐行渐远的身影。守城的人看出了她的困惑，他告诉眼前这位曼妙婷婷的女子："真正的速度是看不见的，像太阳东升西落，像四季春去秋来，或者，像大雪压枝天地梨花开，这是所有成就与毁灭的力量。"

两人就此别过。

守城的人送了一份信札给她，说是曾经那位少年叮嘱他转交的。她将信将疑，因为她并不认识那位少年。

"在远方，所有的勇者都会相遇。"守城的人笑道。

她小心翼翼地打开信札，上面只刻了一段话，更似那位少年的自言自语："在传奇成为传奇之前，如果所有人都能看懂，那岂非所有人都能成为传奇？"

"如果我成不了传奇该当如何？"她在马背上转身问道。

"姑娘，永远记住，任何一个时代，任何一个地方，都有英雄和懦夫。"守城的人缓缓挥手，"英雄没有如果。"

《韩非子》讲了一个流传久远的故事：自相矛盾。彼时的场景是，有一个卖长矛和盾牌的楚人，他逢人就夸自己的长矛多么锋利，没有它刺不破的东西，同样，他还说自己的盾牌是多么坚实，没有东西能戳穿它。有好奇的人就问，"如果用你的长矛去刺你的盾牌，会是什么结果呢？"楚人无言以对。

人总是很矛盾的，就拿我妹妹而言，我希望她能成就一番丰功伟绩，但恻隐之心又让我于心不忍，因为真正想做出一番事业定要历经万劫，她能吃得消吗？那青春注定徘徊而溺于安逸吗？南非国父曼德拉曾说："如果天空是黑暗的，那就摸黑生存；如果自觉无力发光，那就蜷伏于墙角。但不要习惯了黑暗就为黑暗辩护。"

如果把我与小和尚坐着的小石桥上比作围城的墙头，那坐在上面轻轻地晃荡着双腿，看着河里的鱼儿游来游去，也是种不错的体验。

我相信每个人的内心都会有那么一个情结，就像我喜欢听校园民谣一样，听惯了老狼略带沙哑的歌，也习惯了水木年华拿着一把吉他在清华园里的吟唱，诉说着一个渐行渐远的时代，关于爱，关于梦。

一个人总会有诸多的设想，如果真的允许遵循内心去活着的话，哪怕是片刻的逃离，我一定会毫不犹豫地选择塞着耳机呆在一个安静的角落里，静静地听着自己喜欢的歌，看着自己喜欢的书。如果有阳光的话就再好不过了，当然了，阳光不要太刺眼。

我想每个人都应该有过这种经历：收拾房间的时候无意间瞥见一本曾经挑灯夜读的书，而现在却被我们遗忘在了不起眼的角落里；走过一个本以为不曾来过的地方，看见一幢不显眼的建筑，总觉得有种似曾相识；很专心地走在路上，身边陌生人无意中的对话会突然间把我们的思绪拉到很久以前，然后，沉默许久。

生活确实是一个很古老的话题，言不尽，道不明。

我们都不是小孩子了，小孩子可以在心底肆意地涂抹五彩斑斓的梦想，他们的梦想很多时候都是烦恼，今天烦这个，明天烦那个，烦不完的事，可忙了，但基本上睡一觉就好了。

但我们不可以，因为时间不允许。所以，我们的梦想不要太多，一个就够了，毕竟我们没有太多的精力雨露均沾。专心把一件事做到极致，定有成就，哪怕你觉得那件事很平凡。

不管怎样，我们都要有一个梦想，每天挖一锹，生活遂多了份盼头。世界上最远的距离莫过于大脑与双脚的距离，大脑用来思考，而双脚则是为了去到达，这个过程可以很漫长。

梦想的魅力在于它与责任挂钩，很多时候，梦想等同于责任。我想，换了小和尚，他也一定会这样说。

我突然间发现，自己还倔强地保留着一个小小的梦想，就是写自己喜欢的文字。我知道，一定会有人喜欢我写的这些心情，就像我在乡村的夜里看小和尚给我的那一沓小纸条一般。

上了大学体会更深，身边似乎一直都有三种人。

第一种人全然自顾自，沉迷于某种放纵的行为中而无法自拔，比如没日没夜地玩游戏，时间似乎廉价到不屑一顾。停下来，他们会慌。

第二种人全盘顾大局，优秀到什么都参与，而且都很出色。你总觉得哪里不对劲，想说些什么，但终于没说，因为，对方刚拿了辩论赛的冠军。

我想说的是第三种人，就是"一个鸡蛋的梦想"。谁都希望一个鸡蛋能孵出一只小鸡，然后生蛋，再孵小鸡，循环往复，变成一个偌大的养鸡场。愿景如此宏大，现实如此见拙。盯着手头的一个鸡蛋，我们百感交集。万一碎了怎么办？万一孵出来的是公鸡怎么办？万一孵不出来怎么办？有一万个万一。但是，那又有什么关系呢？至少，我们手头有一个鸡蛋。

第三种人最幸福，也最痛苦。老天爷总是一如既往地公平。

19 NEFE

晨起半梦半醒，误以为是很多年前的一个早上，那时我跟父母睡一屋，我睡在靠南窗的沙发上，南窗外的院子里有棵水杉，每天清晨都有很多鸟在树上把我聒噪醒。"家住吴门，久作长安旅。"那棵水杉早已不在了，那些曾让我心烦意乱但又习以为常的鸟儿的曾孙、玄孙、云孙、耳孙也不知相继多少代了，想来我跟他们祖上还算世交。

印象里最深的一个清晨是初夏的一个，那时我刚到镇上读初中，内心似有一头看不见、摸不着的小野兽觊觎着全世界，也蠢蠢欲动着想丈量并定义这个世界。那天早上下着小雨，天刚麻麻亮，院子里的泡沫盒和低矮屋檐上的铁板有条不紊地拨弄着平仄，我听见父亲笨重的雨靴声在院子里回荡着，我知道父亲是要赶早去把昨夜的虾笼收回来。院门"嘎吱"一声，低沉的雨靴声在巷子里渐行渐远。奇怪的是，我闭上眼却看见了一个愈加清晰的背影，那是任何一种"少年不识愁滋味，爱上层楼，爱上层楼，为赋新词强说愁"都不能描述的滋味，那种醍醐灌顶的力量至今记忆犹新，浑身的每一个毛孔似乎都在接受洗礼，五脏六腑焕然一新。我好像突然握住了什么，一个所有人都在孜孜以求但又不可强求的东西，姑且名之为意义或道理吧。那一天，我正式定义了生活的意义：抱守平凡而心存富贵。

那时候的乡村真的很清苦，词汇跟物质一样贫乏，春播秋收是一家子最大的经济来源，田地里有一年到头忙不完的活儿，靠山吃山，靠水吃水算农闲时赚点外快。我记得有一年，那时我依然很小，但已经记事了，晚上父亲从县城回来，从口袋里掏出两个首饰盒递给母亲，是一根金项链和一对金耳环，这原本该是个惊喜，母亲哭得稀里哗啦，不是因为感动，而是因为觉得父亲怎能做出这种浪费至极的事，遂大吵了一架。我记得那晚母亲坐在床上生闷气生了很久，父亲就在床沿边哄，也不知哄了多久。后来，母亲一直戴着父亲送的首饰。村里的女人总是这样，一件首饰能戴一辈子，而且一辈子只戴这件首饰，送她首饰的这个人不管贫富贵贱也总能死心塌地跟他在一起一辈子。

很多年后，我去了远方，见了世面，知道了很多正确而冰冷的概念，比如市场规律，很多事回想起来便觉得可笑，但终会笑中带泪。父亲当年说得没错，金子不会贬值，但母亲也说得没错，金子能交学费吗？呵，原来他们当年的争吵全是因为我。他们只知道一分一分地挣钱、一分一分地攒钱，十根指头里沾满了泥,省吃俭用半辈子,风里来雨里去,教育之后还有婚姻,真是应付不完的主题。

　　提及教育,想起自己带过的一些学生,一起吃饭时我发现有人习惯剩菜剩饭,本来已经到嘴边的道理又被我硬生生咽了下去,于是,我依然自顾自地吃着,并轻描淡写地说自己突然想起一个故事,关于我奶奶。我说,那时候他们那一辈家里的孩子都姊妹好几个,一件衣服补了又补,每年秋收后,奶奶都会拿个蛇皮袋去田垄间拾稻穗,一次一次地弯腰,一根一根地捡拾,直到家园落日,秋天田野尽头的落日很美,宝蓝色的天空还有南飞雁,奶奶每年都能捡大半个蛇皮袋,家里堆积的小粮仓又高了些。末了不忘问一句:"你看,一粒米从烂泥里到饭桌上,九曲十八弯,神奇吧?"好在我带的这些学生都比较懂事理,从此便没见过谁碗里还剩半粒米。

　　辗转经年,我不止一次对自己冷嘲热讽,嘲笑自己很多年的自以为是,我也曾如此强烈地渴望征服全世界,如今依旧强烈,但我知道,世界终不是我的。我唯一确定的是,一定有那么个地方,远远地亮着一盏温暖的灯,而且会永远亮下去,那里没有全世界,那里就是全世界。

　　母亲在我回来的时候从不曾逼着我早早地起床,我每天早晨睁开眼要做的第一件事就是努力地回忆昨晚有没有梦到什么。记得老人们曾说过,如果睡觉时翻身的话会把做的梦忘得一干二净，想来我应该翻过不止一次吧。

"我把这两天的日子也圈了起来。"我等到傍晚的时候终于见到了小和尚，忍不住笑着对他说，因为堂屋大门那儿有个挂历，母亲常喜欢在上面圈圈画画。

"嗯，蛮好。"小和尚听了也笑了起来，随后说道，"我明天要回去一趟，后天来。"

"啊？"

我有点吃惊，而小和尚显然并不是在开玩笑。

小和尚似乎看出了我的困惑，"你知道，我并不是一个说客，我还有没做完的事要处理。"小和尚说完转过身看我。

"这样的啊！"我点了点头，并没有觉得有什么不妥。

"一个人总是这样身不由己，对吧？"小和尚顿了顿，"遵循自己的内心活着，真的是一件很了不起的事。"

"那你会成为一个传奇。"我突然想起了自己也思考过同样的问题。

"传奇不多。"

"嗯。"

"不管怎样，我们也要在心底里想象自己可以成为一个传奇。"小和尚似乎在喃喃自语。

"这是个不错的想法。"我点了点头。

小和尚的话让我想起学校有一次升旗，我有幸成为升旗手站在主席台上，当着全校几千名师生，我说出了自己的座右铭：
"我就是一个奇迹！"言罢，只听得台下笑声此起彼伏，那是我
唯一一次听到升旗仪式上有笑声，因为此前及此后，升旗手的座
右铭大抵是"天行健，君子以自强不息；地势坤，君子以厚德载
物"这类的话，而我的座右铭听来竟是如此格格不入。我知道，
台下的笑声虽然同为笑，但绝对能分出不同层次。

　　小和尚听我讲完仰天大笑，他很少这样笑出来。我在想，当
初台下一定有人像他这样笑吧？

　　"我还真研究过传奇的诞生，"小和尚顿了顿，"还写了篇
文章，喏。"

　　小和尚像是变魔术一样从包里掏出了一个截然不同的笔记
本，递给了我。我翻到了他给我指着的那篇《传奇的诞生》：

传奇的诞生

　　前段日子在图书馆随意间翻阅了一些文史典籍，千古名
人的出生历程似乎都无一例外地被赋予了神话的传奇色彩，
忍俊不禁之余也让我很自然地多了重探幽的心境，毕竟生、
老、病、死作为人生四大轨迹，生之重要性便不言而喻了。

　　撇开诸位开国帝王的身世暂且不论，因其略显繁杂且政
治气息过于浓厚，恕余笔力有限，无暇顾之，且浅论孔子以
作茶余饭后的谈资。诚然，能称之为经典的永远都可以达到

家喻户晓、妇孺皆知的境地，且有历久弥新之势，街头巷尾议论起来更是津津乐道。

古语有云：天不生仲尼，万古如长夜。孔子名丘，估计是其母在尼丘祈祷求子的缘故，刚生出来额头上就是凹凸不平的那种，跟寿星有的一拼，故名之曰丘，字仲尼。如果孔丘日后没有混出息了，他这种容貌应该算是怪胎吧。但我不得不说老天爷是公平的，因为孔丘从生活中、从仅有的典籍中得到了无尽的精神宝藏，并使之转化为自己内在的学识修养，所以他成了万古尊崇的孔子。

后来突然有这样一天，茶桌旁，或是一个学馆里，有人很神秘地讲述了这样一段鲜为人知的话，生动恰如叙述者亲历：你们知道吗？孔子的母亲颜氏去尼丘之山求子，走在山路间发现了很神奇的一个现象，就是所有草木的叶子都竖起来朝上了，等到祈祷完毕下了山就发现刚刚朝上的叶子也都恢复了常态。孔母觉得有事情要发生，那天晚上她就梦见了一个神召见了她，只听得"汝有圣子"四个字便恍惚间醒了，没过多久便感觉自己怀上了孩子。要知道，那时孔子的父亲叔梁纥已经六七十岁了，所以这准是神仙赐予孔家的孩子。在出生之前，有一只麒麟吐玉书于阙里，其文曰，"水精之子，继衰周而素王。"其母怀胎十一个月，诞生之辰，有二龙绕室，五老降庭，闻钧天之乐，空中传来了隐约之声，但可以很真切地听清："天生圣子。"在周灵王二十一年十月庚子，也就是夏正八月二十七日这天，孔子诞生于鲁昌平乡，牛唇虎掌，项门状如反宇，中低而四旁反高，反正要多怪就有多怪，胸膛上有文曰："制作定世符。"后来果不其然，儒学也因此流芳千古，成为华夏的品行代名词。

这应该归为趣闻野史的行列吧，诸如此类的还有老子这样的伟人，其貌堪比日月星辰的深邃浩渺，也有诸多稀奇古怪而神秘的出生。但不可否认的是，其内在的思想却可以自由翱翔于天地间并且他能得心应手地驾驭其上，达到了一般人难以企及的高度，所以我们选择了瞻仰的姿态。

似乎确实有这样一种有意思的现象，就是小道消息永远都会不胫而走，并以迅雷不及掩耳之势流传开去，可能在茶桌旁、在学馆里讲述的那个人纯粹是心血来潮也未可知。但这些已经不重要了，因为不管什么样的社会，当我们用正常的逻辑无法去查实考证的时候，都需要些许的神话渲染，那是唯一可以使人心灵充实的方式，是瑰丽想象的绽放，也是一个民族文化的深沉召唤。

我曾笑着问母亲当年怀上我的时候有啥异象没，母亲说没有，就是肚子比别人家的母亲大，以为是对双胞胎，而且她特别喜欢吃莲藕，那年冬天差点把我爸推进冰冷的荷塘里挖莲藕，他们说这样的孩子日后会让人有遐想。"那后来去医院生我的时候呢？"母亲说本来我是可以提前一天出生的，但因为家里距离医院比较远，后来拖了一天，而且因为我特别大的缘故，要不是有经验的老医生剖腹产的话母子俩早就没命了。"那再后来呢？"我依然追问道。母亲说生下我之后都累得不行了，没怎么注意看，我后来问我奶奶才知道，我刚生下来除了大哭之外，就已经睁眼看世界了，眼睛睁得老大老大，圆溜溜的。"这有什么说法吗？"我问我奶奶。奶奶说这说明我在日后一定会有出息的，我笑了。

现在想来，我依然会情不自禁地笑出来，每每念及，心底都会自信了些，纯粹是一种来自乡土的遥远而质朴的情感。

"你可真用心呵！"我合上笔记本时忍不住啧啧称叹，身边已经罕有人愿意阅读、写作了。

"这只是稀松平常的行为。"小和尚耸了耸肩，把我递过去的笔记本又塞回了包里，"在这样的季节，生命得空点。"

我听小和尚这样说的时候，更加确定他已经记住了小熊曾写给他的这句话。多么有诗意的一句话，是啊，生命得空点。

"人是一根能思考的芦苇，这句话我很喜欢。"小和尚并没有停下来的意思，"随风摇曳是一回事，坚守脚下的那片土地是另外一回事。"

"我昨晚还写了首关于芦苇的诗歌呢。"我说完就有点后悔了，因为我突然觉得自己所写的那些文字并不能真正称为诗歌，只是即兴的有感而发。

我用手摸自己口袋的时候发现差点忘记把小纸条还给小和尚了，因为我以前总喜欢把小笔记本随身带着，就放在自己的左口袋里。

"百善孝为先，论心不论迹，论迹贫家无孝子；万恶淫为首，论迹不论心，论心世上无完人。你知道，形式有时候并不是太重要。"小和尚悠悠地说了句，他总能猜到我的心思。

我摸到了自己口袋里的笔记本，但终于决定装作不曾有这么回事，所以我只是把小和尚昨天给我的那一沓小纸条拿了出来，"喏，给你。"我小心翼翼地递了过去，看见小和尚在包里放好了才算舒了口气，因为我知道这是小和尚很在乎的东西。

"没什么想说的？"小和尚突然笑着问道。

"小纸条吗？"我被他问了个措手不及。

"嗯。"小和尚点了点头，他似乎早就准备好了这个问题。

我看了看小和尚，他正盯着水面发呆，我也望了望夕阳，夕阳也恰好望着我。这真是个没头没尾的问题，太容易回答了，也太难说出口了。

"你知道，有时候形式还是很重要的。"我想了小半天，终于说出了这句。

"为什么呢？"小和尚似乎有点诧异，他第一次如此诧异。

"你要我写一张小纸条，叠好，然后落款'To 小熊'吗？"我反问道。

小和尚闻之仰天大笑，他今天不止一次这样笑出来了。

i20NEET

"如何对抗死亡"是一个终极命题，所有人都在有意识或无意识地思考并探索着这一命题，我也深入思考过并身体力行着，我觉得，其道有三：一是传宗接代香火永继；二是辅助后生福荫后代；三是修身立言立功立德。

关于死亡的这个命题是我下过最大胆的一个定义。

我们总喜欢给某些东西下定义，想借此表达些什么。

而当我问小和尚什么才算是真正喜欢一个人的时候，小和尚并没有轻易地做出回答。

"似乎所有人都会觉得喜欢就是喜欢了，很微妙的一种感觉。"我说完就陪着小和尚一起沉默了起来，因为我已经习惯了这种间隙的等待，他永远都不着急。

"或许我们对喜欢的概念还不明确。"小和尚沉默了好几分钟，终于开口说道，"你知道，喜欢和爱并不是一回事。爱是两个人的事，而喜欢是一个人的事。"

"啊？"我没能掩饰自己的困惑。

"你看，爱虽是一个字，但分量重。"小和尚边说边用手比画，"喜欢虽是两个字，但分量轻，只有两个人的喜欢重叠在一起，那才是爱，分量自然就重了。"

小和尚总能用新奇的比方让我耳目一新，原来感情真的是有重量的。

不禁想起曾在史书里读过的一则材料，说是宣统元年，当时有"天下黄河第一桥"之称的黄河铁桥建成，次年陕甘总督长庚上奏称耗资三十万六千六百九十一两八钱九分八厘四毫九丝八忽白银。记得当时看到如此精细的计量单位时震颤不已，以致内心的慨叹竟不知从何说起。

"那你和小熊的感情？"我忍不住想知道小和尚对这件事是如何去定义的。

"你觉得呢？"小和尚反问道。

"算是爱吧。"

"嗯。"小和尚点了点头，"爱是无声的。"

呵，好一个爱无声！

"你知道，有一种感情最不能相信。"小和尚突然说道。

"哪一种？"我止不住地好奇。

"两个人在一起并不等同于爱，就像彼此有了爱也不一定能在一起一样。"小和尚顿了顿，"如果两个人刚在一起没多久就匆忙许下什么诺言，那这种感情的结果也十有八九是可以预见的了。"

"有什么标准吗？"我小心翼翼地问道，因为我在小熊给他的纸条里也看见过诺言之类的字样。

"天大的诺言往往薄如晨雾。"小和尚说着的时候不自觉地抬起头望着天空，仿佛天上有什么答案。

"那为何还会有那么多人心甘情愿地沉醉在这场虚无缥缈的梦中呢？"

"谁跟梦过不去呢？"小和尚笑道，"是梦，总会醒的。"

"这样有意义吗？"我并没有放弃自己的追问。

"每一样存在都是有意义的，"小和尚似乎在喃喃自语，"天黑了，灯自然亮了，其实灯一直都是那么亮，只是因为天越来越黑了。"

我的思绪像是突然插上了翅膀，随风轻踏着水面，荡起了阵阵涟漪，那种感觉真是美妙极了。

曾看过这么一句话：被打扰的孤独才是真正的孤独。当时未曾细思，现在重又想了想，多少读出点味道来了。好似一位一心归隐的武林高手，本打算远离江湖，而江湖并不想就此放过他，呵，多么无奈。

我竟然也跟小和尚一样学会了打比方，也罢，就用刚刚的句式吧：重合的喜欢才是真正的喜欢。

似乎所有人都会有这样一种体会，就是一个人不经意间说起的一句话在另一个人听来却是另一种体会，总会偷偷地放在心里细细斟酌。

就像小和尚所说的那样，爱是无声的。我对这句话并没有丝毫的怀疑，但后来想了想，自己的思绪并没有仅仅停留在对这句话的认同上，而是衍生出了许多和爱情缀在一起的情感，比如亲情。

请允许我再表达另外一个不争的事实，就是没有谁会否认父母对自己无微不至的关爱。这是一种与生俱来的爱，捧在手里怕摔了，含在嘴里怕化了。当然，也有一些特例，因无善始，遂无善终，就像一份得不到亲友祝福的感情，日后多少会横生枝节。

我在这里说明这个道理并不是想论证父母对我们的感情到底是不是能称之为爱，只是扪心自问一下，又有多少人能够去用心感受这份沉甸甸的爱？还记得上次被父母的一个细节感动到是哪一年的事吗？天底下又有哪种感情经得起我们如此熟视无睹地对待而却始终如一的？

答案似乎是显而易见的，如果被小和尚知道的话，他一定会摇头叹息。

这是我们的悲哀？还是父母的悲哀？或是教育的悲哀？

"你知道，一个人有时候是很可恶的。"小和尚似乎看出了我的心思。

"此话怎讲？"

"就拿亲情来说，所有人人都会承认自己欠父母的太多，而事实是，大家似乎都很忙，连好好吃顿饭的时间都没有。"小和尚一字一板地说道，"失去了才知道珍惜，多么愚蠢和讽刺。"

我听得出小和尚说这些的时候并没有如往常那般平静，语气里多了份愤懑和不满。

突然想起了小熊曾在台上忍不住哭出来的那件事，虽说我当时并不在场，而且她讲的故事也不属于我，但是我能深深地体会到，小熊的内心一定是幸福的，而且她一定有一个愿望，就是有一天，不让父亲再受苦受累。多么可爱的一个愿望，比曼妙的青春还要可贵。

当时坐在台下听着的人是小和尚，小和尚说自己跟小熊一样也被感动了。想来感情同样是可以感染他人的。我在想，如果当时我在场的话，我应该也会动容异常吧？再多想一步，我能像小熊那般有勇气站在台上唤醒自己和大家的博爱之心吗？呵，真是一个年轻而勇敢的少年！

活着真是件幸运的事，每天都能看到崭新的太阳，每天都能感受到爱的熏陶。

所谓博爱，必先爱己，推己及人，爱至亲，爱邻里，爱同窗，爱师长，爱每一株花花草草……诚如古人之言：老吾老以及人之老，幼吾幼以及人之幼。

阮郎归·寒露

妾身寒露斜倚窗，叶落林隐墙。多少春去秋又来，仍忆荼蘼香。

。书卷外，杯盏旁，纸短情也长。陌上鸿雁径南飞，岂曰无衣裳？

《诗经》里有两首同名作《无衣》，皆以"岂曰无衣"一句起首，一首关于战争，一首关于思念，风格迥异。值二十四节气寒露，上午写了首《阮郎归》，这首词本为去年寒露时节所作，但不甚满意，遂大改一番，末了不知为何信笔拈来"岂曰无衣"一句。

岂曰无衣？七兮。不如子之衣，安且吉兮。

岂曰无衣？六兮。不如子之衣，安且燠兮。

千百年前，一位男子正收拾衣柜，一阵秋风吹开了木窗，嘎吱嘎吱，窗外的陌上花已是遍野枯黄的狗尾草，男子若有所思，他想起了另一个世界的妻子。男子似喃喃自语："怎么能说我没有衣服呢？我有很多衣服。但是不如你给我做的衣服，舒服又干净。怎么能说我没有衣服呢？我有很多衣服。但是不如你给我做的衣服，舒服又暖和。"

秋以为期，秋天总归是属于思念的时节，所有的思念都会在这个最好的时节如期而来，像叶落归根，像农人盼了一整个春秋的谷物会在这个时节收获，像浩瀚典籍里无以计数的关于这个时节的诗词似被施了魔法般瑟瑟悲凉……

突然想起母亲挂在嘴边的那句"吃饱穿暖"，我总回"没事放心"，呵，多么朴实的一段对白。从离开家乡求学至今，算来也好多年了，跟母亲"吃饱穿暖"的这段对白也风雨无阻地持续至今，刚去上学的时候没什么钱，每天傍晚六七点钟都会先给母亲发条短信，大意是"没事放心"，母亲回"吃饱穿暖"，后来有了点钱，仍是每天傍晚六七点，给家里打电话，对白仍如从前，唯一的变化是话费变便宜了，跟当年短信一样便宜，一毛钱一分钟。

我有时候想，如果哪天是我主动对母亲说出那句"吃饱穿暖"，母亲笑着回"没事放心"，那个时候，母亲应该真的老了吧，真的永远不希望这段对白颠倒。母亲可能是这个世上为数不多知道太阳何时下山的人，每天一毛钱于我应该是此生最奢侈的一笔投资。

风吹起了衣袂，你不会想起点什么？叶子倏然飘落，你不会想起点什么？云遮住了太阳，你不会想起点什么？雨拦住了门，你不会想起点什么？明月点燃了星辰，你不会想起点什么？

你肯定会想起点什么，毕竟，这是秋天！

如果你看到这里，那么答应我一件事，就是让自己的脚步慢一下，给自己一分钟的时间静静地想一想，你有多久没主动给家里报平安了？

"你知道，"小和尚突然说道，"当年我的第一次逃离就是穿着母亲给我纳的布鞋。"

"很踏实，对吧？"我笑着说道。

"嗯。"小和尚点了点头，"小时候最幸福的事就是每年冬日趴在母亲的腿上。"

"晒太阳？"

"不全是，"小和尚笑着摇了摇头，"趴母亲腿上看得真切些，一针一线在母亲手里好像变戏法，不过纳鞋底要好长时间，母亲每年冬天都会给我做一双，给父亲也做一双，来年开春穿。"

小和尚说的这件事我深有体会，因为我以前也在母亲跟前跳着闹着要学着玩。鞋底真的是又厚又硬，即使给大拇指套上了小铁圈再去推针也不是一件容易的事，真不知道母亲哪来的本事。

"你去和糨糊吧。"母亲给我分派了任务。

后来母亲给我纳的布鞋一年要比一年的尺码大，再后来就不纳了，因为学校里很少有人穿布鞋走路了。

"小熊说你给她讲过槐树花的故事，我小时候也跟父亲出去弄过这玩意呢。"我突然想起小熊曾提及的槐树花，多美的一个意象。

"现在很少看见槐树花了。"小和尚轻叹了一句。

人总会陷入矛盾之中，小时候眼巴巴地数着日子，做梦都盼着自己快快长大，像个大人多好。终于有一天，我们突然发现自己长大了，又开始后悔，多么希望再回到那个无忧无虑的童年。

想起《老残游记》里的一段论述，"这山里的路，天生成九曲珠似的，一步一曲。若一直向前，必走入荆棘丛了。却又不许有意走曲路，有意曲，便陷入深阱，永出不来了。我告诉你个诀窍吧：你这位先生颇虚心，我对你讲，眼前路，都是从过去的路生出来的。你走两步，回头看看，一定不会错了。"

四年级的时候，我曾写了篇作文《路》，写了上学路上的土路，到后来的砖路，再到当时最好的柏油路，班主任觉得不错，便推荐到县城的日报上发表了。记得当时还拿了十块钱稿费，这真是一件意义非凡的事，想来走路也是一门大学问。

"你是跟你父亲一起去打槐树花的吗？"小和尚突然问道。

"嗯。"我点了点头，"有的槐树太高了，父亲会脱了鞋子爬上去用带钩子的竹竿拽，我站在底下捡。"

"那时候知了叫个不停，"小和尚突然笑了起来，"你知道，那个时候要跑很远，要去很多地方，才能装满一大袋，回去放在搓衣板上搓。"

"我们见过吗？"我似乎想起了什么。

"可能吧，我记不大清了。"小和尚顿了顿，"有一天，我确实遇到过一个小男孩，他身上被洋辣子辣肿了好几处，吵着闹着要回去。"

"啊？"我没有掩饰自己的惊讶。

我并不能确定小和尚说的那个小男孩是不是我，因为我跟父亲出去打槐树花的时候也遇到过好几个小男孩，远远地看着。兀自出神，父亲在树上吆喝一声，我又赶忙转身帮父亲去捡落在地上的槐花了。

应该遇见过吧，我在心里这么想着。毕竟，所有的念想，都会相遇。

22

　　"你知道我印象最深的是哪句话吗？"小和尚在沉默了好一阵子之后突然问道。

　　"小熊跟你说的？"我下意识并不确定小和尚指的是谁，也有可能是自己的母亲或是其他什么人。

　　"嗯。"小和尚点了点头。

　　我并没有急着去回答小和尚的这个问题，他的问题总是让人有点措手不及，所以我要做的就是努力地回想小熊在纸条上都写了些什么特别的话。

　　"你就是奇迹？"我过了会儿终于开口说道，因为我发现这句话出现的频率非常之高。

　　"不是。"小和尚轻轻地摇了摇头。

　　我耸了耸肩，"是小纸条上的吗？"我忍不住问道。

　　"不是。"小和尚说着和刚刚同样的话。

　　我知道那一定是在小熊的笔记本上无疑了，想着想着便暗自懊悔起来，因为很多地方我只是走马观花地浏览了一下，并没怎么放在心上，不像第二次摘录小纸条那般来得仔细。要是早知道小和尚会问这个问题，我一定逐字逐句地看。

我总有这个毛病，东西越小，反倒好奇，东西大了，总不在意。

"那我就不清楚了。"我也学着小和尚轻轻地摇了摇头。

"你知道，她总喜欢把一些话写在角落里。"小和尚笑着说道，像是在分享一个天大的秘密。

"她写了什么？"

"你要快乐，要有意志，"小和尚顿了顿，唯恐说错了哪个字，"要存有值得回味的美好回忆！"

"她在同学录上给你写过吗？"我不知道自己为什么会这样问，但还是问了出来。

"没有。"小和尚闭着眼，很安静地说着，"你知道，我没有写同学录。"

"小熊不是说让你放假回来帮她写同学录的吗？"我记起了小纸条里的这个细节。

"对的，"小和尚转身说道，"我指的是，我的同学录上空白一片。"

"为什么不让同学写呢？"

"有时候总会有一些善意的欺骗，不是吗？"小和尚言语间颇有种淡淡的无奈。

"啊？"我并不明白小和尚的意思。

"那时候学校管得严，争分夺秒备考。你知道，好多人都是提前偷偷摸摸写完了。"小和尚继续说道，"老师说毕业后有的是时间写同学录，而事实是，过去了，就过去了。"

过去了，就过去了。原来小和尚也是这么想的。

"那样也好，"小和尚耸了耸肩，"生命得空点。"

"自欺欺人了吧？"我忍不住笑了起来。

我以为小和尚只会简单地说一句"没有"，但是小和尚并没有这样说。

"你告诉我，同学录里跟你交心的有几个？"小和尚追问道。

小和尚的这句话确实提醒了我，细细想来，多少人在流于应付，难怪曾有人抱怨说写同学录手都写酸了，真正在乎一个人又怎么会在乎自己的手酸呢？比起用心去做一件事，用嘴去说一件事要来得容易得多。

小和尚并没有等我做出回答，"一个人的心就那么大，"他用手比了个大小，"能装得下多少呢？"

我把目光从小和尚的脸上移了开去，我并不否定他的观点，但也并不全然肯定。因为，我并不觉得同学录上的那些文字一无是处，至少底色是干净的，而它们的存在至少证明了一点，就是我们很真实地打一个时代走过。从另一个角度看，如果没有这么多普通的同学，又怎能出现为数不多记忆犹新的同学呢？从概率上讲，基数大了，孤品才会诞生。

那时的我们应该都有一个习惯，就是同学录的第一页永远是留给一个特别的人的。当然，小和尚跟小熊算例外，因为，小和尚说他给小熊的留言写在了第37页，是小熊刻意把那一页空出来留给他的。

"小熊说的那句话像一首诗。"我不知道自己为什么会突然想起小熊的那句话。

"哪句？"小和尚愣了一下。

"就是你记忆犹新的那句啊。"我说完忍不住笑了起来。

"是啊。"小和尚也忍不住笑了起来。

每一份特别的心情都是一首精巧的诗，那首诗有着很美丽的韵脚，而我，恰好从那首诗的窗外走过。

我相信，小和尚的同学录并非空白，不仅不是空白，而且要比很多人的都丰富多彩，那是别人想看都看不到的颜色。

23

　　校园一角有一片紫藤萝，紫藤萝花开的时候，空气中似乎也多了丝淡淡的离愁，弯弯曲曲的藤萝架攀援在砌好的石栏上，让人不忍心去踏破角落里的这份寂静。

　　在一个充满了谎言的时代里，人总会困惑。就像遇见了美，我们会沉思，思考自己的相形见绌。

　　"我不知道自己以后要干什么。"小和尚耸了耸肩。

　　"啊？"我觉得小和尚是在跟我开玩笑，他一定是在哄我，他这么有想法，怎么会不知道自己以后要干什么呢？他真是个狡猾的家伙。

　　"我真的不知道以后要干什么。"小和尚又安静地重复了一遍。

　　"至少要找份工作吧。"我像大人一样说道。

　　"那只是一种谋生手段，"小和尚略显沮丧，"难道你的理想只是看起来很忙？"

"不然呢？"我并不知道该如何安慰他。

"有一天，我坐在学校的图书馆里，望着眼前一眼望不到头的书架，那一瞬间，我突然觉得自己很渺小、很迷茫。有人在忙着找工作，有人忙着继续深造，也有家境好的忙着出国。可悲的是，十年寒窗，那一刻，我竟不知何去何从。"小和尚顿了顿，"我不想为了生存而去冠冕堂皇地干一件事。"

小和尚说的话让我身临其境，似乎我当时也坐在图书馆的某个角落，也有可能是站着。抚摸着眼前的一本本书，写书的人我并不认识，而他们和他们的书出现在我的世界里到底是为了什么？我感受到了小和尚的一份无奈、一份坚决，当然，还有一份希望。

这反倒让我有点窘迫了，我不曾预料小和尚会跟我讨论这样一个严肃的话题。

小和尚提及图书馆，遂让我不自觉地想起了"读书破万卷"这首诗词。记不清是什么时候接触到了杜甫的这句诗，但岁数一定不大，而且是坐在邻村小学简单却很整洁的教室里，那个时节应该也是秋天，教室外几排白杨树枯黄了的树叶止不住地随风飘落下来，铺满了砖路。

我对这句诗后半句的理解是跟神笔马良的故事联系在一起的，现在想来近乎有点可笑了，但更片面的是我对前半句，即所谓的"读书破万卷"的理解，我曾一度以为读书一定要把书弄破了才行，也为此纳闷了好一阵，觉得杜甫完全是暴殄天物的神经病。同桌也很同意我的看法，因为当年我在班里的成绩一直都是很好的那种，俨然一个小群体里的权威。

这完全是一个孩子简单而纯粹的思维，每每想到这些我都会情不自禁地笑起来，对那段单纯的岁月也多了些许深沉的怀念。

其实当年也不能怪我，也许把这个问题拿到现代的孩子面前，他们会毫不犹豫地讥笑着对我说这句话的意思就是要让人多读书，然后冲我做一个鬼脸扬扬得意地跑开。可能这就是差距吧，而我那个时代又是怎样的一种情形呢？书包里只有可怜的几本教科书，给每本书配一本练习簿就算是很奢侈的一件事了，那时还不知道什么叫圆珠笔，新学期所谓的新书包就是被母亲洗得干干净净的旧书包，内底已经被母亲缝过一层棉布了，那样结实些。

那时的我真的没什么书可以读，完全处于一种全身心感受乡村生活的状态，在田垄上奔走着，在小河里嬉闹着，在草垛上眺望着，在星空下遐想着，就这样在泥地里滚大了。

所以我很珍惜我所能得到的每一本书，印象最深刻的莫过于小姑姑送给我的一本彩印《西游记》连环画，很薄的一册，三十页不到，只是讲了"偷吃人参果"的故事。但对于那时的我来说，能看到这样一本带彩色插图的书是多么新奇的一件事，以至于我手舞足蹈地蹦了起来。我已经不能确切地说出自己把那本书看了多少遍，因为我看了不下于二十遍，一放学回来就从柜子里掏出来看一遍，边看边读，边读边指手画脚。不知道在哪天的傍晚，当我把它捧出来的时候突然发现，这本书散架了，为此伤心自责了好一段时间。

我确实把这本书读破了，现在想来，可能也是书本装订的质量不一样吧。那一年，我还很小，母亲逢人就说我能把书倒背如流。要知道，那也是熟能生巧的结果啊。我也不能确切地说出那本书到底让我得到了什么，可能是潜移默化的影响，跟乡村的花草风月那般极大地扩展了我的想象空间，也多了份很纯粹的爱憎分明。

如今我已经很难想象能够把一本书读破是何种情形，也不大现实了，遂也不敢再多加想象。特定的事只有在特定的环境里才会出现，这点毋庸置疑。

想到这些纯粹是一种偶然的冲动，因为有一次在食堂那边看到了"一粥一饭，当思来处不易；半丝半缕，恒念物力维艰"的标语，《朱子家训》里很出名的一句话，我笑着问朋友这句话是谁写的，最终得到的答案毫不含糊，问了好几个人都说是出自朱熹之手。

难道只有朱熹能称为朱子？我在心底暗暗地感慨了一番，要知道，《朱子家训》又称《朱柏庐治家格言》，全篇仅五百余字，却字字珠玑、家喻户晓，不能不说是一个奇迹。诸如"嫁女择佳婿，毋索重聘；娶媳求淑女，勿计厚奁"这些朗朗上口的话在如今依然有借鉴意义。许多远古的智慧历经时间检验，洞穿时空，从而放之四海而皆准。而我们在追求所谓的自我价值实现过程中是不是忽略了些什么呢？

静安先生在《人间词话》里着重讲了境界，诗词如此，人亦如是，为什么不放下所谓的包袱，背上书囊，读万卷书，行万里路呢？不一定非得求甚解，拈花一笑的欣然会意难道不是一种大境界吗？

想着想着，我便忍不住笑了起来，小和尚用好奇的眼神看着我。

"我也不想为了生存而忙碌。"我竭力遏制着内心的波澜，控制着语速，好让自己的话听上去更平缓一些。

理想是神圣的，我喜欢称之为梦想，但自己当时并不曾深究到底什么才是梦想。

"梦想之花需要一颗种子，"小和尚喃喃自语，"这是最起码的。"

"嗯。"我点了点头。

"种子易得，但让梦想之花绽放真是件残酷的事。"小和尚用手撑着桥面，晃着腿说道。

"就像春夏秋冬？"我问道。

"嗯。"小和尚点了点头。

不忘初心，方得始终。初心易得，始终难守。

"花儿凋零是一件悲壮的事,并不是一件可悲的事,至少它曾经如此炽烈地绽放过。"我思忖了一下,继续说道,"而很多人连凋零的机会都没有,要知道,梦想本身就是用来追逐的,为什么不勇敢奔跑呢?"

我很惊讶自己竟会说出这般话,这更像是小和尚说的才对。果然,小和尚对我刚说的这段话投以赞许的目光,我为此暗暗欣喜了好一会儿。

因为我看着眼前平静的河水,突然想起了第一次见到小和尚时,他把手头的小石子全部扔进了河里,激起了错落有致的涟漪,如其所言,像极了一张网。生活不正是一张张大大小小的网吗?很多人躲在一张网里太久了。

"梦想是用来追逐的。"小和尚笑道,"像牛头前挂着的那捆青草,永远吃不到,一直在路上。"

梦想是用来追逐的!多么可爱的一句话。听着这句话从小和尚嘴里说出来,让我很自然地想到了一则古老而美丽的传说:夸父逐日。

学生时代的你有没有想把课本抛到九霄云外的冲动?工作时的你是不是希望有更多时间来发展兴趣?黑夜中的你会不会经常傻傻地说"如果当时怎样就好了"的句式?

我始终执着地相信,能有那么一个小小的梦想就够幸运了。比如,你竭尽全力去保护全世界,我拼了命地去保护你。

i24 NEXT

　　"你知道，许多时候，一个人的梦想是另一个人给的。"小和尚很安静地说道。

　　"好熟悉的一句话。"我点了点头。

　　"小熊写过的，"小和尚补充道，"在那篇文章的第八十行。"

　　"啊？"我没能掩饰自己内心的惊讶之情，因为小和尚说出这句话的时候是如此安静，像是他早已安排好的一般。

　　这种惊讶之情我此前只切身体会过一次。那一次是去瞻仰烈士陵园，烈士陵园依山而建，包括我在内的一群人顺着蜿蜒的台阶拾级而上。末了，终于爬到了顶端，正准备长吁一口气，只听闻身后一位老先生对身边人悠悠地说了句："一共一百二十八级台阶。"无限慨叹，心底敬佩之余又莫名生发出一份自责与自省。

　　"你的心在哪，自然就会在意了，不是吗？"小和尚笑道。很显然，他已经看出了我的惊讶。

　　其实我很好奇高考之后小和尚跟小熊的关系变成了什么样，

因为他对此只字不提，而是一直在说着高考之前的故事。

耳濡目染惯了，青春似乎聚少离多，加之小熊在一张纸条上也提过她姐姐说过的一番话，想来她姐姐毕竟是过来人，旁观者清。这也让我突然想起了表哥曾在我毕业那年说过的一句话："其实你即将离开的，正是天堂。"

"我很想知道你们高考后发生了什么。"我终于忍不住问出了这个很重要的问题。

小和尚似乎并没有要立刻回答的意思，我坐立不安地等着，脑海里在设想着无数种可能性。

"喏。"过了好一会儿，小和尚从包里掏出一本淡绿色封面的本子递了过来，就是上次写《怀想天空》的那本。

"嗯？"

"最后一篇是我在高考结束后写的，"小和尚用手指了一下。

"哦。"我点了点头，随即往后面翻去。

说是一篇，实则是连起来的四篇。每一篇短文的旁边都可以看见小和尚标注的日期。

我忍不住轻声地读了出来，小和尚在一旁静静地听着，像是在听着另一个人的心情。

纯真年代 2010-06-15

曾经以为作为一个学生很苦，总幻想着有朝一日把所有的课本全都抛到九霄云外，我想那种感觉一定很爽。

时间就在这种期待中悄无声息地从笔尖下划过，从课本上流去。

终于，在六月份的前奏，高考来了，心里也没有所谓的激动，反正很平静，大概是自己一向比较坦然吧！其实，许多事，该来的总会在特定的时候到来，担心就显得有点多余了。

说句心里话，我自己身上背负了太多人的期望，虽然他们嘴上不说什么，但他们这种相信本身就给了我不小的压力，只是我总是表现得很坚强。

一个人静下来的时候，也会感觉自己很累，好想找一个可以依靠的肩膀让自己休息一下。

曾经对一个女生说自己是一个在她需要时可以借她肩膀的朋友，其实这句话又何尝不是对自己说的呢？那个女生叫熊，但我喜欢叫她小熊，后来她告诉我说如果哪个男生叫她小熊，那就嫁给他。当时听到这句话有点出乎意料，但不得不相信缘分。

站在高三的尾巴上，回眸走过的中学时代，有过彷徨，有过忧伤，在不经意间哭过笑过，但现在已经记不得那是哪一个瞬间了。

曾经与同学开玩笑说："如果有来世，一定不会选择再做学生，就做一只有深度的猪好了。"

现在写下这些文字时，笑自己当时有点傻，身在福中不知福，还蛮怀念那段埋在书堆里的岁月，虽苦但很充实，有很尽责的老师，有朝夕相伴的同学。

其实，心里放不下的还是一段很单纯的感情，学习上的互帮互助，在失落时给彼此信心和勇气，那种感觉很奇妙——多少年以后也应该不会忘怀吧。

想说的话太多，日后我一定会把它们写成文字，装帧成一本关于青春流年的书。也许，我会把这些文字读给那个叫小熊的女生听。我想，我们彼此的内心都会有种暖暖的感动吧！

学生时代，怀念，坚强！

不是同桌的你 2010-06-15

当《同桌的你》这首歌在耳畔响起时，心里竟然有一种酸酸的想哭的感觉。老狼略带沧桑的声音，简单的吉他伴奏，无需太多的言语，竟如此有穿透力，把自己打到了沉默的边缘，只想一个人静静地坐在那儿，翻开以前写过的日记，翻开一个女生送给自己的书和小纸条，然后沉浸在一种暖暖的感动中。

我一直虔诚地相信，在青春的流年里，能有这么一段美丽的相遇相知，真是上天莫大的眷顾！

也许《同桌的你》本身就不是一首堆砌文字的歌，它是一段岁月的真情流露，一段渐行渐远的岁月，一段许多人经历了终会铭记一生的岁月。在那段岁月里，我们都是如此单纯，简单着，快乐着，或许这就是青春珍贵的缘由吧！

听这首歌的时候感觉自己如此不善言辞，它将泛黄的青春日记一页一页地撕给你看，你大笑也好，落泪也罢，都无济于事。能做的，只是静静地看，然后静静地想，想什么都不知从何说起。

生命中有太多的冗杂，我们为了生存不得不背起它们，多想把所有的虚度浪费在美好的点滴上，比如你的微笑。

青丝终会花白，在奔向生命的另一个轮回中，在每一个午夜梦回中，我们的眼角应该会噙有当初熟悉的泪水吧？冷冷的，暖暖的，在心头泛起涟漪，荡漾不散。

十九岁，一个女生曾对我说："生日快乐！"我并不会很好地形容出自己的心情，只是偷偷地欢喜，那时候我感觉自己是世界上最幸福的人。我想日后的自己应该会笑出来吧，因为我现在已经笑了出来。

就像写下这些文字，不知道为什么要写，只是想写。

青春，致敬！不是同桌的你，谢谢！

父亲节快乐 2010-06-16

脑海中一直没有父亲节这个印象，只记得有个母亲节，后来一个女生问我父亲节是哪一天，这才依稀想起还有一个父亲节，但当时真不知道，心里不免有点愧疚，总感觉这样对父亲或多或少有点不公平。

我调侃道："只要我们心里有爱，每一天都是父亲节。"

不知道自己为什么竟会说出这样的话，但细想想，何尝不是呢？我们总把所谓的爱限定在某一天，来进行所谓的感恩，而后给自己一种心安理得的安慰。这种人既蠢且无聊，完全中了商家的圈套。

真正的爱与时间无关，与距离无关，它更不是用金钱所能衡量的。因为许多东西是无价的，从出生那天起，就注定你要用一辈子去偿还。"谁言寸草心，报得三春晖。"这是这个年纪的我们应该明白的。

曾经也对一个女生讲过一段与自己父亲有关的故事，一段关于槐树花的记忆。我知道自己很少去触碰这些与童年有关的记忆，每每想起，百感交集，好在清苦但快乐着。在不经意间，这些记忆总能把我击败，让我什么也不想说，什么也不想做，只想一个人静静地呆一会儿，让自己从回忆中变得坚强。

我从不会给父亲过什么所谓的父亲节，因为父亲根本就不懂这些，我能做的，就是让父亲真心感觉到他有一个很负责任的儿子，我要让他相信，他的儿子也是一个顶天立地的男子汉。

但不管怎样，既然知道了这么一个特殊的节日，仍道一声："父亲节快乐！"

回忆流年 2010-06-18

小时候

曾坐在院子里幻想

如果有一天长大了该多好

长大可以有自由飞翔的翅膀

长大可以让父母不再操劳

后来终于长大了

父母的头发早已不再乌黑

而我

好想再回到从前

骑在父亲的肩头

听母亲唤着乳名

那是何等幸福

长大了

曾坐在教室里幻想

如果有一天毕业了该多好

毕业就没了课业的压力

毕业就没了恩师的絮叨

后来终于毕业了

心中溢满的竟是眷念

而我

好想仍坐在教室

听可爱的老师再讲一堂课

看可爱的同学再谈古论今

那是何等的幸福

一切都是这么不知不觉

一切都是那么啼笑皆非

我唯一不敢假设的就是

如果有一天

我老了……

　　看完小和尚写的这些文字，我立马确定了一件事，那就是小和尚应该与我的年纪相仿。

　　"一路走来，有太多的如果了。"我合上那本透着淡淡幽香的笔记本，想起了母亲常挂在嘴边的这些念想。

　　"这是个很有意思的句式，"小和尚笑道，"一旦'如果'用在过去的事情上，会有不必要的悔恨，而'如果'用在对美好未来的期盼上，那真是一个美妙的未来。"

"那现在呢？"我不禁反问道。

"现在不需要'如果'。"小和尚淡淡地说了句。

"为什么呢？"

"每个人都会在现在的某个瞬间回忆着以前的一些心情，抑或设想着下一秒的美好。"小和尚很安静地说道，"现在永远是矛盾的，既真实存在，又似是而非。"

"当下"总是个神秘的词，就像谁也猜不透谁的思念正浓，谁也说不清河里的水是在何时变成水蒸气，然后聚到天上又变成了云。

小和尚说着的时候正一动不动地盯着水面看，他的话让我想起了自己曾放在床头的那个小闹钟，我似乎从不曾注意过那根最细的指针在何时停止过，直到它在某天早上不再发出声音为止，因为我所见到的永远是即将到达的下一秒，而我怀念的，正是时时刻刻失去的上一秒。

"当雨水从天而降的时候，"小和尚抬头望着天空，缓缓说道，"人们会对着溢满的河水惊羡生命的一个崭新轮回，然后又陷入了另一个轮回的无知中。"

我并没怎么听懂小和尚说的话是什么意思，但也隐隐觉得他说得在理，遂信服地点了点头。

小和尚最终并没有告诉我他和小熊之间在高考结束后到底如何，我也并不打算再问下去，因为我知道，如果小和尚想说的话，他一定会毫不犹豫地告诉我，他不说，一定有他的道理。

"你知道，爱无声，"小和尚站起了身，"能说得清楚的感情永远是彼此利益的结合。"

"你要走了吗？"我也赶忙起身，突然发现坐久了，两条腿都有点麻了。

小和尚点了点头，并没有再说什么。

看着小和尚在落日余晖中渐行渐远，大地都变得安静下来。

我突然有个很奇怪的困惑，为何这个年纪的我们如此迷恋沉默，就像小孩子总喜欢在纸上饶有兴致地涂鸦一些稀奇古怪的东西？我一直认为这是与孤独对抗的一种方式，后来想想，与其说是对抗，倒不如说是妥协。

这种场景让我不自觉地想起了小时候看过的一本书，是小姑姑从学校里带给我的一本《鲁滨逊漂流记》，爱不释手，想来自己对鲁滨逊的无限崇拜，十有八九是缘于在沉闷的日子里泡得太久了？

"生活中有太多的如果，我们没有理由不选择好的一面。"小和尚在起身离去的时候留下了这句话，我不知道他为什么会突然说这句话，但还是默默地记在了心里。

我像往常一样在落日快要下山的时候跑回了家，母亲也像往常一样拾掇好了一家子的晚饭，热气腾腾，暖意满满。

"那个孩子走了吗？"母亲吃饭的时候突然问道。

"后天会来的。"

我暗自惊讶母亲是怎么知道有这么一回事的，而母亲似乎也看出了我的疑惑，笑着说道："也不请你同学到家里来坐坐，我是在菜园子里看见他朝西边走的，然后就看不清了。"

"为什么啊？"我正扒着碗里的饭，头也不抬地问道。

"光线太晃眼了。"母亲给我夹了一筷子菜。

母亲的话让我想起自己以前总爱一动不动地盯着又圆又大的落日发呆，然后感觉全世界都被点燃了，像是从黄昏的染缸里倒出来一般，醉人不已。

一个人对生活的体会可以直接感受，也可以间接感受。就像如果有人问我乡村是什么样子，我一定会毫不犹豫地这样回答：当你在原地转一圈的时候，视线所及处都能看见颜色深浅不一的树木，那就是再真实不过的乡村了。

很小的时候我有一个习惯，估计这个习惯所有的孩子都曾有过，就是能盯着一样新奇的东西看老半天，大人们说这是发呆。发呆真是个不错的习惯，只是很多人都丢了。

一阵风吹动了一朵不知名的野花，一只鸟儿仓促地从头顶上掠过。这些还能撩动你的神经吗？

母亲问我大学里有没有遇见自己喜欢的女生时，我笑着摇了摇头。脑海里却一直有一个挥之不去的意象，就是一朵盛开在夏日里的荷，很奇怪自己为什么会如此清晰地记住小和尚所说的这个意象。

我记得自己曾在16岁那年有过这么一个小小的心思：夕阳下，草地上，如果有那么一个白衣翩翩的少年遇见了梦回千年的浣纱女，奏一曲悠长的古乐，然后依偎着讲一些属于彼此的心情。

那样的场景美到让人窒息，美到时间都会嫉妒，一嫉妒就是千百年。

"你牵过小熊的手吗？"我在小和尚走之前的某个时候这样问道。

小和尚的表情告诉我，他很惊于我为什么会突然这样问，但还是轻轻地摇了摇头，"你知道，如果你真的爱上一个人，并不会想太多。"小和尚笑着说道，"该来的都会如约而至，就像彼此的相遇一样。"

"就像你们彼此见面会忍不住笑出来一样。"我也笑了起来。

我执着地相信，恋上一个人，最美妙的感觉并不是彼此缠绵的你侬我侬，而是你决定深深地喜欢上一个人的时候，恰好那个人对你也有类似的心情。

小和尚所说的心情之所以会让我动容，倒不是因为他渲染了什么，而是因为我看到了他们在那个单纯的时代里哭过，这是一种真实。真正交心的朋友并不是看你们笑过多少次，而是看你有没有勇气当着那个人的面哭出来，或者是其他什么窘态。

"你知道有些东西为什么那样值钱吗？"母亲晚上收拾桌柜时

突然问道，那时父亲正在把一些杂七杂八的东西拿出来擦一遍。

　　我摇头，母亲随后说出了一句我即将铭记一生的话："孩子，记住，一件东西的价值要看品质，而一个人更是这样，所以你要好好读书。"

　　我当时一下子并不能很好地理解母亲所谓的"好好读书"怎么回事，后来慢慢琢磨出了点味道。我想，这应该是很多人的一个误区，关于求学、学习和读书。

　　曾学过一篇古文《送东阳马生序》，明朝开国文臣之首宋濂以自身借书、读书、求学的经历勉励后生，向我们展现了求学历程之艰辛和学习意义之深远，冰天雪地都要去借书。古人的求学、学习和读书实则是同一件事，讲究为人师表、经世致用，而辗转经年，随着时代发展，求学似乎变成了择校的代名词，学习是我们习以为常的挑灯夜读，读书则变成了一种奢侈的兴趣爱好。

　　这着实是一个耐人寻味的问题，如果小和尚在的话，他一定会说点什么。

i25NET

这两天不知为何，总会时不时地有些冲动的想法，比如扭开小台灯，然后写点什么。而事实是，我的确这么去做了，因为我觉得有太多心情值得纪念。

也许是有点羡慕小和尚的这个好习惯，不是有点，是非常，我在心底里这样对自己说。所以，请原谅我在这里很自私地花些笔墨给自己重温一段特别的过往，在我还记忆犹新的时候，在这样一个安静而轻柔的夜里。

写写自己的父母吧。

我一直很好奇，父母所经历的那个时代竟是如此梦幻，既轻盈，又沉重，所以我常会缠着母亲问许多稀奇古怪的问题。而母亲也总会饶有兴致地给我讲一些还不曾有我或是我不曾记事时候的事，我必会很认真地听着，所以我对父母的了解几乎都是根据母亲的言语拼凑而成的。

时至今日，母亲依然会在某个瞬间讲出我早已耳熟能详的陈年往事，一种习惯性的重复，而我总会笑着对某些细节进行补充，从不曾觉得腻烦。每每被父亲听到，他总说我年纪不大，却像个小老头似的，说出来的话没大没小。不过我从不往心里去，因为我知道父亲是在开玩笑。

父亲是土生土长的农村人，家里连他共四个孩子，父亲排行最末，前面两个姐姐，还有一个哥哥。乡下人大多传统，生儿子能传后，自然是喜事。

父亲小时候是个很不爱干净的人，用奶奶的话说就是邋遢虫一个。一天到晚就喜欢钓鱼，自己找根针放在火上烧红了，然后用老虎钳这类可以夹的东西把它扭成鱼钩的形状，不过这个鱼钩没有倒刺，所以父亲对那些侥幸逃脱的鱼也是一筹莫展。

父亲出去钓鱼一坐就是半天，等着喊吃饭才回去，抓鱼后的腥手也直接往身上擦，全然不顾其他。奶奶为这事没少骂过我父亲，刚开始还总逼着我父亲把衣服脱下来给她洗，后来慢慢也就习惯了，因为根本来不及换洗，脏就脏吧，只要父亲受得了就行。不然一个叫得烦，一个听得烦，这样相安无事，倒好。

其实真正头疼的是我的两个姑姑，特别是小姑姑。因为爷爷奶奶要走街串巷卖杂货，家里又有不少地，所以忙不开，许多事都交由女孩子来管。

夏天的时候，小姑姑每天傍晚都要给我父亲洗澡，这真是件操心的事。那时的河水特别清澈，吃喝都往河边挑水，当然，洗澡也是从河里打水，很方便。小姑姑会站在桥上把我父亲喊回来，不出意外，父亲手里肯定抓了不少鱼。小姑姑早早地在院子里的木盆给父亲兑好了洗澡水，让父亲把衣服脱了蹲进桶里，父亲懒到连肥皂都不打。洗澡的时候院门不关，毕竟小男孩无所谓，而父亲总嚷着说有姑娘来了。

在我印象里，母亲一般都跟我说些关于人的事，而父亲要么不说，说起来要么是吃的，要么是玩的。父亲自己也承认，他小时候是好吃成精，家里休想藏得住什么好吃的东西，包括能买东西的钱。

那个时候，村子里隔三岔五地会有敲铜锣换糖的人，小孩子若听到巷子里老远传来"咣——咣——"的声音，一窝蜂全蹿出去，跟抓把米喂鸡似的围成一堆。父亲自然也不例外，肯定第一个从家里溜出去，把一些早早准备好的大纸盒、塑料瓶拽出去跟卖糖的换。这些如今看起来不值钱的废品在当时可吃香了，父亲说当时很多人家舍不得吃菜籽油，而且连一个像样的装菜籽油的瓶子都没有，很多人家，包括爷爷奶奶、外公外婆家，都把装农药的瓶子洗干净了，然后用来装油。父亲讲这些的时候，母亲点头相应，想来是真的了。

像我父亲这样的男孩子对吃的从不会考虑什么细水长流，跟猪八戒吃人参果一样，包快包光。不像母亲小时候，一块糖都要掰两半，吃一半，藏一半。提到这事，母亲的话匣子便又止不住了，因为她藏起来的东西不出意外都能被我舅舅找到给吃了，然后姊妹几个闹得鸡飞狗跳，这点我舅舅倒与父亲很像。

后来村里人都陆陆续续地从河东搬到了河西。那时的乡村普遍贫穷，家里有我父亲这么几个孩子要养活，还要盼着他们上学有出息，所以能撑起一个家真的很不容易。

父亲小时候真的是让我爷爷又好气又好笑，因为他俩都是倔脾气，经常为一些事搞僵起来。有一次放学，父亲抱着一条从路上捡来的小黑狗，非要养，爷爷死活不让。这事闹到什么程度呢？父亲气得撒腿就跑，说要离开县城。当然了，这只是一个孩子的气话，因为父亲根本不知道县城到底有多大，他连镇上都没去过几次。这一跑还真管用，吓得奶奶赶紧拦在中间说好话，然后让小姑姑姊妹几个漫山遍野找我父亲。终于，在一条干涸的渠道边找到了我父亲，他果然没跑多远。

那只小黑狗陪伴了我父亲整个童年，他每次吃饭都要省出点喂它。父亲后来经常跟我提的一件事是，有一天，他用手去摸狗的下巴，突然一颗狗牙掉到了他手上，村里人说这是个好兆头，遂用一块红布把狗牙包了起来。过了很多年，父亲也记不得当时把它放哪了。

其实，更有意思的是这只狗的名字，家里人都不知道该给它起个什么名字好，后来还是我大姑姑说了句，干脆用秤给它称一下，有多重就叫啥名。一家人都很赞同这个主意，果真把秤拿出来给它称了称，五斤多一点，遂叫了"五斤"。后来，"五斤"一直就那么大，一直是五斤样子。

父亲上学了依然很调皮，但学习成绩一直排在前面，特别是数学，父亲至今算账的速度都快得惊人。他的学历是初中，并非学不下去，而是父亲实在不想学了。即使我爷爷奶奶生拉硬扯把他拽到学校也没用，他照样溜回来，这让我爷爷失望透顶。爷爷是读书人，也是教书人，吃尽了时代的苦头，后来当了农民，苦了一辈子。指望养儿子光宗耀祖，不承想父亲自己放弃了，又能有什么办法呢？年轻人的心是活的，心思总是猜不透，而且跟你对着干。其实那时候能读到初中已经算不错的了。

没辙，不上学，只能学手艺。父亲后来去拜师学了缝纫。

父亲很会做小生意，比如过年家家户户门头上都要贴"风门钱"，我不确定那一个模子刻出来的东西到底是怎么个写法，也可能是"封门钱"，因为上面一般都会刻上元宝，而且乡下有个习俗，就是贴完对联，最后才能贴它，所以写作"封门钱"的可能性大些。父亲那时候干什么事呢？把一沓子红纸摆好，用刻刀在上面剜挖或圆或方的图案，中间还要预留我刚刚说的元宝图案。这玩意就是耗时耗力，而每家每户几个门头算下来，少说也要十几张，父亲便发现了这个商机，所以他每年都能赚一笔钱。

我记得小时候逢年过节，家里仍会自己刻"封门钱"，那把刻刀一直都在，把子上用布裹了很多层。但打我记事起，父亲已经不会再像少年时那样骑着自行车去卖"封门钱"了，纯粹自家够用罢了。

除了"封门钱"，弄鱼弄虾也是父亲的老本行，少的话就摆摊卖，多的话就批发给人家。

父亲什么都会，既能给我做弹弓，又能给我做铁环，真是个了不起的超人。

母亲是小学五年级文化水平，家里跟我父亲一样，也是兄弟姊妹四个，但截然相反的是，她排老大。因为是老大，担子也重，盖房子时买菜管账啊，下地摘棉花插秧啊，在家带小姨啊，等等，母亲样样都能干。

最让母亲感到头疼的还是我舅舅。舅舅排行老三，就他一个男孩子，惯得很，加之舅舅的小拳头抡下去没轻没重的，谁也不敢惹他，所以舅舅总会没事惹事。有一次，舅舅放学回来，故弄玄虚地掏出一个罐子，说里面装了件稀奇的宝贝，让姊妹几个猜猜是什么。大伙儿凑着小洞瞅半天也没能看出是什么名堂，舅舅遂忽地把盖子掀开，一条菜花蛇。屋子里尖叫声一片，乱成一团。后来母亲带头告状，外公让我舅舅跪了一炷香。母亲虽说是土生土长的农村人，但看见蛇就是怕，天生的。

母亲是个条理清晰的人，外公外婆放心让她管账便是最好的证明。农村也没什么其他收入，每年秋天田地里丰收了，家里的钱包也算丰收了，稻子能卖好几百块钱。

　　大姨是姊妹几个里读书最好的，当时报考了幼师专业，学费要不少的钱。母亲死活也不肯把卖稻的钱拿出来，后来一家子苦口婆心地劝，母亲拗不过，才哭得稀里哗啦地抽出七张一百元的大钞。那真是仿佛从身上割了一大块肉，大姨对这件事至今耿耿于怀。

　　母亲嫁给我父亲后依然勤俭持家，日子就这样一步步过了起来，也一天天地好起来。要知道，稳住，很多时候本身就是一种前进。

　　也许我还该讲一讲父母相遇的故事，缘分真正是个神奇的东西，月老手中的那根线总是如此纤细精巧。

　　那时候的乡村爱情朴实到让人羡慕，词汇跟物质一样匮乏，喜欢就是喜欢，不喜欢就是不喜欢。

　　故事还得从父亲骑车卖"封门钱"说起。那天，父亲卖到了母亲的那个镇上，也沿着河堤卖到了母亲的那个村。村里岁数大的总有嘴闲的，比如"小伙子还没成家啦"之类，就这么随口一说，那个谁家的谁谁谁就浮出了水面，父亲就这样认识了母亲。

　　外公倒好说话，外婆一万个反对，可能是当娘的心思多些。后来亏得舅舅跟我父亲玩得来，遂出入就方便了。要知道，看久了，也就看顺了。

　　有一次，父亲大清早跑去看我母亲，路过一块池塘，里面长了好多慈姑，父亲以为是野生的，下去把它们全刨了上来带到了我外婆家。后来，村里有户人家骂，说不知道哪个没良心的把慈姑刨得连秧子都不剩，父亲一句话没敢说，躲在母亲家偷乐。

父亲很坏，坏到什么程度呢？他摸准了母亲每天傍晚从镇上学手艺回来的时间，然后就沿着河堤不近不远地跟着，也不知跟了多少天，然后整个河堤的人、整个村的人都传开了：小张跟那个小王处对象了！

那时的女孩子很单纯，风言风语传开了，再加上看久了看顺眼了，一家子只能默认了。当然，父亲年轻的时候真的很帅，母亲那个村有好几家子都要给我父亲做媒，这是母亲亲口说的。

后来的事，自然便是谈婚论嫁。

值得一提的是，母亲打小玩到大的好姐妹也在同一天出嫁，她家与母亲家仅一家之隔。那天，村里热闹非凡，村里人都说，哪个新娘子先到喜船上，保准生个大胖儿子。然后两家人就这样你派人盯着我、我派人盯着你，看对方走没走。

鱼米之乡，水路方便，接新娘子都是用船，那时候乡村根本没有小轿车。新娘子出门脚是不能着地的，鞭炮一响，舅舅背新娘子出门。因母亲的好姐妹家距离码头近，遂捷足先登，河堤上挤满了看热闹起哄的人。

后来，母亲的好姐妹生了个女孩子，而我，是个"公鸡猴子"。

柴油机突突地响着，跟河里荡起的水波一样，传到了很远很远，仿佛昨日……

　　母亲在给我讲述过往的时候，言语和眉目间都充满了爱，恰好她昨日提及了好好读书这个话题，让我不禁想起自己中学时代写过的一篇作文。语文老师以周恩来"为中华之崛起而读书"为引子，让我们写篇《为××读书》的半命题作文，第二天上早读课时交给他。

　　我知道我们的语文老师是一个地地道道从农村走出来的人，他明白读书对于一个乡下的孩子意味着什么，他的用心也显而易见了。

　　我想了想，且填一个"爱"字吧，其文如下：

为 爱 读 书

　　在这样一个动人的时节，在这样一座美丽的校园，在这样一间临湖的教室，我穿过一条叫作时间的路，笔随心动，写下这些凌乱摇曳的思绪。

　　时常笑自己，总会不自觉地想一些陈年往事，都是些乡村时代的琐事。可每每忆起，内心总会生发出几丝涩涩的感觉。

　　乡下的农作物无非是以小麦、水稻和棉花为主，打有记忆开始，大概也就是四五岁的光景，我记得自己总是下田帮母亲摘棉花，虽说是帮忙，不添乱就是好事了。棉花爆果是在夏季。可能是因为我起得比较迟，等我收拾完太阳已经很亮很亮了。母亲说："早晨的露水晒干些，回来人省些忙。"虽然天有些热，但我人小，可以钻在棉花路子间避阴凉，不过那些蒸出来的水汽也着实闷人。

渴了就喝母亲给我带的豆奶，一袋豆奶粉可以冲一大瓶，比自来水好喝。我记得母亲总会给我讲很多东西，我会背的第一首诗《鹅》就是母亲教我的，母亲还会教我唱歌。虽说母亲只有小学五年级的文化水平，可在我心目中，母亲会很多东西，而且永远是一位哲人，因为她教会了我许多文字以外的东西，那是一种难以言传的感觉。

我那时毕竟是孩子，在母亲眼中，我永远是个孩子。

小孩子总是三分钟热度，我是受不了烈日直晒的，也不知道什么时候突然冒出一句"楼楼要上学"，也或许是因为突然想到我们村里有三个比我大的孩子都上了学。母亲停了下来，笑着问："楼楼要上学，能学得好吗？"我似乎有着一股小男子汉的倔劲，拍着胸脯说："楼楼保证学得好！"

就在这年暑假过后，我真的进了幼儿园。我记得那时穿着开裆裤，背着母亲为我缝的一个布包，里面放着一根甘蔗和一瓶豆奶。

后来我知道，其实母亲是想让我再迟一年上学的，因为那时的幼儿园报名费是四百多块钱，这在当时对于一个乡村里的家庭来说，是一笔巨额开支。所以我上学后，父母更忙了。我记得母亲农闲时总会随父亲出去打槐树花，弄回来后放在大區里用搓衣板搓，直到上面的小花丁儿掉下来，然后把它们聚起来拿到集镇上卖了。

乡村里可不止槐树花，还有弄不完的鱼虾。那时所谓的农闲，又何曾闲呢？

就这样，我在泥地里滚了十几年，早熟悉了四季的变迁和乡村的性情。是的，我长大了，可母亲呢？还记得中考查分时母亲比我还紧张的神情，以及之后现出的笑容，我那时才发现，母亲脸上的褶皱竟是如此之多，而我的责任又是如此之大。

对于为什么读书这个问题，我想，因人而异，可我无论从哪个角度都读出了一个"爱"字。是的，为爱读书！

按语文老师的批语，这篇作文是以朴素真诚而感人，评分很高。

写完这些的时候夜已经很深了，听着此起彼伏的蛐蛐声，我突然意识到这段日子里我似乎一直都习惯在夜里想一些白天不曾有过的心思，像山涧里的清泉汩汩涌出，多么难得的念想。

26

我躺在床上的时候确实会从心底里觉得这样的日子很舒服，用惬意这个词可能更贴切些。自己的过往是如此充盈，未来有什么理由不继续充盈呢？

很喜欢在某个初雨湿润的清晨盯着一只小蜗牛在叶子上慢慢地爬着，当时很好奇蜗牛为什么会爬得这么慢，后来自作聪明地把小蜗牛抓到了枝叶的最顶端，小蜗牛似乎茫然不知所措。

看来我又干了件揠苗助长的事，我总是耐不住性子。

我并非莫名其妙地想起那只小蜗牛，而是曾在一首诗歌里见过一则类似的故事，大意是上帝让我牵着蜗牛散步，后来我终于明白，其实上帝是想让蜗牛牵着我散步。

我在第二天傍晚的时候突然有种幻觉，因为我觉得小和尚像是从一个很久远的年代走来的。他总是那般有耐心，什么事都不着急，耐心地做一件事，耐心地爱一个人。

"有恒，则断无不成之事。"这是曾国藩《挺经》一书中的经典论述。其实，小和尚前两天跟我提过一些事，让我相信他的耐心绝不是无缘无故，只是我的注意力很多时候都停留在他提及的小熊身上，遂总是不能一下子想起来。

"那时只要一放寒暑假，我最喜欢往外婆家跑。你应该知道'挥汗如雨'这个成语，但很多人可能只是停留于书本里的解释，并不能切身体会。这个成语十有八九发源于乡村的田地里，因为我这辈子都不会忘记那样一个午后，外公外婆他们戴着草帽下田拔杂秧，也就是所谓的稗子，长得跟稻苗一样，足以以假乱真，若不将其拔除，来年冒得更多。你知道，放眼望去，青天白日，阡陌纵横，绿油油的秧苗晒得似乎要出油，一点风都没有，耳畔全是此起彼伏的知了声。那个时候谁不希望坐在田垄的树荫下痛快地喝一大口茶？但田里的农活谁来做呢？外公外婆他们这么大岁数了还面朝黄土背朝天，毫无怨言地耕耘着，我竟心安理得地躲在家里衣来伸手，饭来张口，读书给我带来了特权吗？多么冠冕堂皇的一个理由啊。退一万步，我们撇开所有的标准，岁数大的养你，你年纪轻轻的怎么坐得住呢？不认识杂秧就慢慢学着辨认，谁天生就认识？读书不就是锻炼学习能力吗？连辨认稗子都学不会？想干好一件事根本不需要理由，不想干一件事遍地都是借口，比稗子还多。后来我终于决定脱了鞋下田，光着脚丫踩在泥土里，田垄似乎根本看不到头，彼此靠拉家常有一句没一句地打发时间，终于不知不觉地把一块田收拾完了。那真是一件了不起的事。夜里蛙鸣遍野，它们应该能敏锐地察觉到秧田里的水是咸的吧？我也是在那一天才深刻体会到'挥汗如雨'这个成语是什么意思，汗真的像豆粒般滚落进秧田里，根本就没有顺着脸颊慢慢流淌的意思。这样混合的水伴随着稻子历经岁月，难怪端上桌的热腾腾的米饭喷香。"

小和尚那天还说："当然了，并不是所有的农活都必须挥汗如雨，很多细巧活儿大可以找个阴凉地一坐坐半天，但它们也不是省油的灯。你知道，有一道家常菜叫韭菜炒田螺，简直是绝配。沟渠里都是田螺，把它们捞回来，先用清水洗了，然后放开水锅里煮，煮熟后用一根绣花针拨开田螺盖，将里面的肉挑出来，抓着田螺壳的手要顺势上移，看准田螺肉上的黑白交接处掐断。要知道，上面的黑色部分是能吃的，下面灰不溜秋的部分是不能吃的。外公下田总能捞回来好多田螺，我和外婆就忙着剩下的事。你知道，吃能吃多少？都是拿到镇上去卖的，卖田螺肉要比光卖田螺贵好多钱。人都懒，田螺肉摆出来根本就不愁卖，都抢。说田螺肉可能没什么感觉，你要知道，田螺壳可是堆成了小山一样高，挑到太阳下山都不一定能挑完。最烦人的是，这东西还招蚊子苍蝇，所以，不得不抓紧。老人家为了生计累死累活，换你好意思窝在房间里视而不见、坐而不管吗？"

很难得听小和尚讲了一个完完整整的故事，想来人们对美好的向往与追求大抵是恒心之所以能恒的诱因了，不然千千万万像小和尚的外公外婆这样的人劳作的意义又何在呢？他们不善言辞，但却在我们很多人的不屑一顾中撑起了一个家，撑起了一代又一代的希望，也撑起了我们中华民族应有的骄傲。

如果有一天，我于千千万万人之中遇见了自己的挚爱，我一定会想起小和尚跟我说的事，我会对心爱的人说："爱你，应该是我此生做的最有耐心的一件事。"

想着想着天便渐渐暗了下来，又是一个熟悉的傍晚时分。

今天我早早地就去了，小和尚还没有来。

"你好啊！"

当我还在静静地注视着水面的时候，思绪就这样被一句很熟悉的话打断了，转过身的时候发现小和尚已经缓缓朝我这边走了过来，脸上带着淡淡如风的笑容。

"陪我坐会儿吧，"我很习惯地用手朝旁边指了一下，"我坐这边很久了。"

我很惊讶于这段对话为何来得如此自然，跟我第一次遇见小和尚的时候丝毫无差。

我随手扔着刚在路边捡来的小石子，朝着自己当年扔过的水面。可能长大了会扔得远一点，而我感觉得到小和尚坐下来的时候正出神地盯着我看。

"你知道，我有心事的时候也喜欢这样，"小和尚顿了顿，"有时候捡到一块大点的石片，我小时候喜欢用来打水漂，能飞老远。"

"我没什么心事。"我耸了耸肩，不再惊讶这段对话也是如此似曾相识。

"哦。"小和尚笑道，"但不管怎样，你要快乐，要有意志，要存有值得回味的美好回忆！"

"这不是小熊说的吗？"

"有区别吗？"小和尚拍了拍我的肩膀，"如果你愿意接受这句话的话。"

"你要快乐，要有意志，要存有值得回味的美好回忆！"我重复着小和尚刚刚所说的这句话，似喃喃自语，内心有一种莫名的释然。

"你知道我看见小石子的时候会想起什么吗？"小和尚突然问道。

我注意到小和尚今天没有带着前几日他一直背着的包，跟他第一天坐在小石桥的另一边一样。"你要走了吗？"我忍不住问道。

"嗯，我要走了。"

"哦。"

人总归要走，我在心里这样想着。

"你还没回答我的问题呢？"小和尚追问道，这是他第一次追问我问题。

"哦，那个……"我手里捏着一颗小石子，举起来又细细看了眼，迟迟没有朝水里扔去，因为我不知道这样再平凡不过的石子对小和尚而言到底有什么特殊的意义，"跟小熊有关吗？"我没能掩饰内心的好奇。

小和尚笑了起来，微微点头。果然被我猜中了，真是个奇怪的问题和答案。

"你给小熊送了一块小石头？"我突然有种想笑的冲动，并非嘲笑，而是有点惊讶，多么别致的浪漫。

"那不是一块普通的小石头，"小和尚顿了顿，像是在回忆着什么，"是我无意中在路上捡到的，很巧，乳白色的爱心形状，我带在身边有五年了。"

我努力整理着小和尚所说的每一句话，在心里暗暗盘算了一下，去掉县中的三年，那块小石头应该是小和尚读初二那年捡到的。好巧，不止一次听到五年这个词了，人的一生中又有几个这样的五年呢？

物各有主，原来那块小石头的主人竟是小熊，如此美妙的久别重逢。

"人总要有那么点念想，不是吗？"小和尚笑着说道，"她亲手给我叠了一只千纸鹤。"

"就是你曾在文章里写过的那只？"

"她知道我的心情。"小和尚点了点头。

"我也会叠千纸鹤呢。"我想了想，看着小和尚说道。

小和尚不再搭话，我随着小和尚沉默了起来。

"深深地喜欢你！"小和尚在一阵沉默之后突然说。

"啊？"小和尚这句突如其来的话让我一怔。

"那是她写在千纸鹤里面的话，"小和尚笑了起来，"还有两个笑脸，一个有鼻子，另一个没鼻子。"

"这样啊……"

我从不曾设想过如此用心地给另一个人叠一只千纸鹤，藏好心情，为了某种意义上的纪念，将岁月都印在那翅膀的一张一合间，然后在流年里放飞，去追逐一个永恒的梦。

我很少看见小和尚这样笑出来，但当他提起小熊的时候总会在不经意间笑起来，他笑起来真好看，跟这个时节的天空一样干净。

"我把它放在了同学录的第一页。"小和尚似乎想要从包里掏出什么，但又突然意识到今天并没有带包。

我低头望着手中的那枚小石子，又看了看平静的河面，不再说话。

27

今天是我跟小和尚相遇的第七天，美好的时光总是那么短暂。

"我们还会再见面吗？"我站起来问道，身边的小石子也早在不知不觉中全被扔进了水里。

"你觉得呢？"小和尚笑着说道。

"留个联系方式吧。"我耸了耸肩。

小和尚从口袋里掏出一张早已叠好的纸条。"喏，我写的一首诗，以前没写过。"小和尚把小纸条塞到了我手里。

"你也会写诗？"我忍不住笑出了声，把离别抛在了脑后。

"你知道，"小和尚很认真地点了点头，"哪天你朝水里漫不经心地扔小石子的时候，我们应该还会再见面。"

"能接受我的一份祝福吗？"我忍不住打断了小和尚的话。

我昨晚突然想起小石桥旁有两棵白杨树，在一起很多年了，我喜欢称之为双生树。因为小和尚跟小熊的故事，有感而发填了首《水调歌头》词。

水调歌头·双生树

天涯明月起，有树自双生。稻花香里顾盼，执手转星辰。多少乾坤日夜，呢喃私语诉尽，才子俏佳人。许此去经年，只朝夕与争。

看枯荣，览春秋，思为何。顶天立地，一亩三分任去留。万家灯火忽见，爆竹声声骤闻，悲欢总无由。尽清茶浊酒，风雪上层楼。

我将这首词工整地誊写在一张小纸条上，叠好，只待今天见面交给小和尚，不承想他也塞给我一张小纸条。

"还有什么要说的吗？"小和尚接过我的小纸条，笑着道谢。

"没了，"我拍了拍小和尚的肩膀，"不管怎样，你要快乐，要有意志，要存有值得回味的美好回忆！"

"要我送你一程吗？"我喊出来的时候小和尚已经笑着摆手走出了老远。

"路是自己走的，你回去吧。"风中传来了小和尚的回答。

"祝福你们！"我喃喃自语道，也只有风儿能听到我的这句话了。

天地像是燃烧了一般，眼前金晃晃一片，我才意识到自己已经在小桥上站很久了。

小心翼翼地打开小和尚送给我的那张小纸条，我惊讶不已，翻来覆去看了好几遍，而事实是，上面什么也没有，哪怕只是一个字，也没有。我举着这张小纸条对着家园落日也看了遍，唯恐小和尚做了手脚，依然没看出什么名堂。

呵，好狡猾的家伙！我突然仰天大笑，小和尚想说的一定是："生命得空点！"这是他给我的最后一次惊讶。

生命得空点！空一点，给爱，给梦想！

小和尚不知道我手里始终还捏着一块小石子没舍得扔掉，我也是在自己掌心感到有点发麻的时候才意识到这点。我决定把它扔进河里，涟漪荡起的一瞬间，全世界都震颤了起来，这是怎么了？

耳畔响起了熟悉的手机铃声。

"不要告诉我还没起啊？"大头在电话那头兴奋地喊道。

我睁开迷糊的双眼，外面天已经大亮了，室友也还在睡着，我才想起今天又是一个周末。

"你说。"我把手机搭在枕头上，并不清楚到底发生了什么。

"刚和石头说好了，国庆节到你们学校玩，好久没看到你了。"

"好啊。"我回了句。

"一言为定喽，我带着女朋友去。"

"得了，拜拜！"我先挂了电话，因为我感觉自己要安安静静地回想点什么。

昨晚做了个如此悠长而真实的梦，小和尚一定确有其人吧？

我应该在哪里见过才对。我试着让自己再睡着，看看还能不能再次入梦，我感觉自己有好多问题要问小和尚啊。他怎么就这么说来就来、说走就走呢？

我始终没能睡着。

我有点不相信，遂把自己随身带着的那本笔记本翻了出来，希望能在里面看到些蛛丝马迹。但除了十六岁那年写下的五首五行情诗以及一些零散的笔记之外，我什么也没有发现。

一定有小和尚这么个人，但我不知道自己要等到什么时候才能再遇见他。所以，我希望你们能帮我一个忙，就是留心一下自己的生活，如果你们在一个安静的午后遇见一个白衣翩翩的少年坐在小桥上漫不经心地朝水里扔着小石子，不要惊扰他，当他对你说"你知道"的时候，一定要写信告诉我关于他的消息，那个人一定是小和尚无疑了。

梦，是最真的现实。